आत्मा (रूह)

(धर्म तथा विज्ञान की नजर में)

अब्दुल वहीद

आत्मा (रूह)
(धर्म तथा विज्ञान की नजर में)

soul
(In View of religion and science)

अब्दुल वहीद

CERTIFICATE OF PUBLISHING

We're proud to present this certificate of publishing to

Abdul Waheed

for successfully publishing

SOUL (IN VIEW OF RELIGION AND SCIENCE)

on. 15-02-2023

*"A writer's life and work are not a gift to mankind; **they're a necessity"** ~ Toni Morrison*

© Abdul Waheed

बिना आज्ञा के इस पुस्तक की नकल करना मना है।

समर्पण

यह पुस्तक मेरे स्वर्गीय पिताजी हाजी उबैदुरहमान उर्फ मुन्ना तथा छोटा भाई अब्दुल हमीद की याद में समर्पित है। ईश्वर अल्लाह उनकी आत्मा को शांति दे। आमीन

विषय सूची

भूमिका

आत्मा है या नहीं ? यह एक गहन अध्ययन व शोध का विषय है। जिस पर प्राचीन काल से विश्व के तमाम धर्मों में विचार उपलब्ध है और निरंतर विज्ञान में भी इसकी खोज होती चली जा रही है लेकिन अभी तक आत्मा का कोई प्रमाण नहीं मिल पा रहा है विज्ञान के अनुसार। कुछ हिंदुओं का कहना है कि गौतम बुद्ध भी आत्मा को मानते थे लेकिन इसका खंडन बौद्ध धर्म के अधिकांश अनुयाई करते हैं कि वह आत्मा को नहीं मानते थे या आत्मा का विचार ही नहीं है बौद्ध धर्म के अंदर। भहरहाल यह पुस्तक आत्मा या रूह के विषय पर ही लिखी गई है जिसमें आपको अनेक धर्मों में क्या विचार हैं आत्मा का उसके बारे में बताया गया है। तथा विज्ञान में इसका विचार है या नहीं यह भी बताया गया है कृपया इसे पढ़ें और इससे अधिक जानकारी आपको हो तो कृपया अवगत कराएं, जिससे मैं आपकी जानकारी साझा कर सकूं इस पुस्तक में, धन्यवाद

दिनांक -13/03/2022

मुस्लिम अवधारणा, ईसाई की तरह, मानती है कि आत्मा शरीर के साथ ही अस्तित्व में आती है; इसके बाद, इसका अपना जीवन होता है, शरीर के साथ इसका मिलन एक अस्थायी स्थिति होती है।

कई धार्मिक और दार्शनिक परंपराओं में, यह माना जाता है कि आत्मा "मनुष्य का अमूर्त पहलू या सार" है। सामान्य शब्दों में, आत्मा एक व्यक्ति का आध्यात्मिक सार है, जिसमें हमारी पहचान, व्यक्तित्व और स्मृतियाँ शामिल हैं, जिनके बारे में माना जाता है कि वे हमारी शारीरिक मृत्यु से बचे रहने में सक्षम हैं।

आत्मा

आत्मा, धर्म और दर्शन में, मनुष्य का सारहीन पहलू या सार, जो व्यक्तित्व और मानवता प्रदान करता है, अक्सर मन या स्वयं का पर्याय माना जाता है। धर्मशास्त्र में, आत्मा को व्यक्ति के उस हिस्से के रूप में परिभाषित किया गया है जो देवत्व का हिस्सा है और अक्सर शरीर की मृत्यु से बचने के लिए माना जाता है।

सुकरात अरस्तू प्लेटो मूसा मेंडेलसोहन मार्सिलियो फिकिनो
संबंधित विषय: आत्मा हानि एकाधिक आत्माएं पो हुन बा
कई संस्कृतियों ने आत्मा के अनुरूप मानव जीवन या अस्तित्व के कुछ निराकार सिद्धांत को मान्यता दी है, और कई ने सभी जीवित चीजों में आत्मा को जिम्मेदार ठहराया है। प्रागैतिहासिक लोगों के बीच भी शरीर से अलग एक पहलू और उसमें रहने के विश्वास के प्रमाण मौजूद हैं। हालाँकि, आत्मा के अस्तित्व में व्यापक और दीर्घकालिक विश्वास के बावजूद, विभिन्न धर्मों और दार्शनिकों ने इसकी प्रकृति, शरीर के साथ इसके संबंध और इसकी उत्पत्ति और मृत्यु के बारे में कई तरह के सिद्धांत विकसित किए हैं।

ईसाई धर्म: आत्मा की अमरता
प्राचीन लोगों में, मिस्रवासी और चीनी दोनों ने दोहरी आत्मा की कल्पना की थी। मिस्र का का (सांस) मृत्यु से बच गया लेकिन शरीर के पास ही रहा, जबकि आध्यात्मिक बा मृतकों के क्षेत्र में चला गया। चीनियों ने निचली, संवेदनशील आत्मा, जो मृत्यु के साथ गायब हो जाती है, और एक तर्कसंगत सिद्धांत, हूण, जो कब्र में जीवित रहती है और पूर्वजों की पूजा की वस्तु है, के बीच अंतर किया।
प्रारंभिक इब्रानियों में स्पष्ट रूप से आत्मा की अवधारणा थी, लेकिन उन्होंने इसे शरीर से अलग नहीं किया, हालांकि बाद में यहूदी लेखकों ने आत्मा के विचार को और विकसित किया। आत्मा के बाइबिल संदर्भ सांस की अवधारणा से संबंधित हैं और ईथर आत्मा और भौतिक शरीर के बीच कोई अंतर स्थापित नहीं करते हैं। शरीर-आत्मा द्वंद्व की ईसाई अवधारणाएँ प्राचीन यूनानियों के साथ उत्पन्न हुई

और निसा के सेंट ग्रेगरी और सेंट ऑगस्टीन द्वारा प्रारंभिक तिथि में ईसाई धर्मशास्त्र में पेश की गईं।

आत्मा की प्राचीन यूनानी अवधारणाएँ विशेष युग और दार्शनिक स्कूल के अनुसार काफी भिन्न थीं। एपिक्यूरियन आत्मा को शरीर के बाकी हिस्सों की तरह परमाणुओं से बना मानते थे। प्लैटोनिस्टों के लिए, आत्मा एक अभौतिक और निराकार पदार्थ थी, जो देवताओं के समान थी, फिर भी परिवर्तन और बनने की दुनिया का हिस्सा थी। आत्मा के बारे में अरस्तू की अवधारणा अस्पष्ट थी, हालाँकि उन्होंने कहा था कि यह शरीर से अविभाज्य रूप है।

ईसाई धर्मशास्त्र में सेंट ऑगस्टीन ने आत्मा को शरीर पर "सवार" के रूप में बताया, जिससे भौतिक और अभौतिक के बीच विभाजन स्पष्ट हो गया, आत्मा "सच्चे" व्यक्ति का प्रतिनिधित्व करती है। हालाँकि, यद्यपि शरीर और आत्मा अलग-अलग थे, फिर भी शरीर के बिना आत्मा की कल्पना करना संभव नहीं था। मध्य युग में, सेंट थॉमस एक्विनास शरीर के प्रेरक सिद्धांत के रूप में आत्मा की ग्रीक दार्शनिकों की अवधारणा पर लौट आए, स्वतंत्र लेकिन एक व्यक्ति को बनाने के लिए शरीर के पदार्थ की आवश्यकता होती है।

मध्य युग के बाद से, पश्चिमी दर्शन में आत्मा के अस्तित्व और प्रकृति और शरीर से उसके संबंध पर विवाद जारी रहा। रेने डेसकार्टेस के लिए, मनुष्य शरीर और आत्मा का एक संघ था, प्रत्येक एक दूसरे पर कार्य करने वाला एक विशिष्ट पदार्थ था; आत्मा मन के समतुल्य थी। बेनेडिक्ट डी स्पिनोज़ा के लिए, शरीर और आत्मा एक ही वास्तविकता के दो पहलू हैं। इमैनुएल कांट ने निष्कर्ष निकाला कि आत्मा तर्क के माध्यम से प्रदर्शित नहीं की जा सकती, हालाँकि मन को अनिवार्य रूप से इस निष्कर्ष पर पहुँचना चाहिए कि आत्मा मौजूद है क्योंकि नैतिकता और धर्म के विकास के लिए ऐसा निष्कर्ष आवश्यक था। 20वीं शताब्दी की शुरुआत में विलियम जेम्स के लिए, आत्मा का अस्तित्व ही नहीं था, बल्कि वह केवल मानसिक घटनाओं का एक संग्रह था।

जिस तरह शरीर के साथ आत्मा के संबंध के बारे में अलग-अलग अवधारणाएं हैं, उसी तरह आत्मा कब अस्तित्व में आती है और कब मरती है, इसके बारे में भी कई विचार हैं। प्राचीन यूनानी मान्यताएँ विविध थीं और समय के साथ विकसित हुईं।

पाइथागोरस का मानना था कि आत्मा दैवीय उत्पत्ति की थी और मृत्यु से पहले और बाद में अस्तित्व में थी। प्लेटो और सुकरात ने भी आत्मा की अमरता को स्वीकार किया, जबकि अरस्तू ने आत्मा के केवल एक भाग, ज्ञान या बुद्धि को ही वह गुण माना। एपिकुरस का मानना था कि शरीर और आत्मा दोनों का अंत मृत्यु पर होता है। प्रारंभिक ईसाई दार्शनिकों ने आत्मा की अमरता की ग्रीक अवधारणा को अपनाया और सोचा कि आत्मा को ईश्वर द्वारा बनाया गया है और गर्भाधान के समय शरीर में प्रवाहित किया जाता है।

हिंदू धर्म में आत्मा ("सांस," या "आत्मा") सार्वभौमिक, शाश्वत स्व है, जिसमें से प्रत्येक व्यक्तिगत आत्मा (जीव या जीव-आत्मान) भाग लेती है। जीव-आत्मा भी शाश्वत है लेकिन जन्म के समय एक सांसारिक शरीर में कैद है। मृत्यु के समय जीवात्मा कर्म, या कार्यों के संचयी परिणामों द्वारा निर्धारित एक नए अस्तित्व में चला जाता है। कुछ हिंदुओं के अनुसार मृत्यु और पुनर्जन्म (संसार) का चक्र शाश्वत है, लेकिन दूसरों का कहना है कि यह केवल तब तक जारी रहता है जब तक आत्मा कर्म पूर्णता प्राप्त नहीं कर लेती है, इस प्रकार पूर्ण (ब्राह्मण) के साथ विलय नहीं हो जाता है। बौद्ध धर्म न केवल व्यक्तिगत स्व की बल्कि आत्मा की अवधारणा को भी नकारता है, यह दावा करते हुए कि एक व्यक्तिगत शाश्वत आत्मा होने या निरंतर सार्वभौमिक स्व में भाग लेने की कोई भी भावना भ्रामक है।

ईसाई की तरह मुस्लिम अवधारणा भी मानती है कि आत्मा शरीर के साथ ही अस्तित्व में आती है; उसके बाद, उसका अपना जीवन होता है, शरीर के साथ उसका मिलन एक अस्थायी स्थिति होती है।

भगवान और देवी, प्राचीन और आधुनिक बहुदेववादी धर्मों के कई देवताओं के लिए सामान्य शब्द। ऐसे देवता सांसारिक और खगोलीय घटनाओं या प्रेम, विवाह, शिकार, युद्ध और कला सहित मानवीय मूल्यों, अतीत और संस्थानों से मेल खा सकते हैं। जबकि कुछ मारे जाने में सक्षम हैं, कई अमर हैं। हालाँकि वे हमेशा मनुष्यों से अधिक शक्तिशाली होते हैं, फिर भी उन्हें अक्सर मनुष्यों की सभी खामियों, विचारों और भावनाओं के साथ मानवीय संदर्भ में वर्णित किया जाता है।

britannica

विज्ञान के संदर्भ में आत्मा का विचार

जूलियन मुसोलिनो के अनुसार, अधिकांश वैज्ञानिकों का मानना है कि दिमाग एक जटिल मशीन है जो ब्रह्मांड में अन्य सभी वस्तुओं के समान भौतिक नियमों पर काम करता है। मुसोलिनो के अनुसार, वर्तमान में आत्मा के अस्तित्व का समर्थन करने के लिए कोई भी वैज्ञानिक प्रमाण नहीं है।

हालाँकि, आत्मा की खोज को मानव शरीर की शारीरिक रचना और शरीर क्रिया विज्ञान की समझ को चलाने में सहायक माना जाता है, विशेष रूप से हृदय और तंत्रिका विज्ञान के क्षेत्र में। आत्मा की दो प्रमुख परस्पर विरोधी अवधारणाओं में - एक इसे आध्यात्मिक और अमर मानती है, और दूसरी इसे भौतिक और नश्वर देखती है, दोनों ने आत्मा को एक विशेष अंग में स्थित होने या पूरे शरीर में व्याप्त होने के रूप में वर्णित किया है।

तंत्रिका विज्ञान–अंतःविषय क्षेत्र के रूप में तंत्रिका विज्ञान, और विशेष रूप से संज्ञानात्मक तंत्रिका विज्ञान की इसकी शाखा, भौतिकवाद की ऑन्कोलॉजिकल धारणा के तहत काम करती है। दूसरे शब्दों में, यह मानता है कि भौतिकी द्वारा अध्ययन की गई केवल मौलिक घटनाएं मौजूद हैं। इस प्रकार, तंत्रिका विज्ञान मानसिक घटनाओं को उस ढांचे के भीतर समझने की कोशिश करता है जिसके अनुसार मानव विचार और व्यवहार पूरी तरह से मस्तिष्क के अंदर होने वाली शारीरिक प्रक्रियाओं के कारण होता है, और यह मस्तिष्क की गतिविधि के संदर्भ में मन के लिए स्पष्टीकरण मांग कर न्यूनीकरण के तरीके से संचालित होता है।

मस्तिष्क के संदर्भ में मन का अध्ययन करने के लिए कार्यात्मक न्यूरोइमेजिंग के कई तरीकों का उपयोग मस्तिष्क को बनाने वाली विभिन्न संज्ञानात्मक प्रक्रियाओं के न्यूरोनेटोमिकल सहसंबंधों का अध्ययन करने के लिए किया जाता है। ब्रेन इमेजिंग से मिले प्रमाणों से पता चलता है कि दिमाग की सभी प्रक्रियाओं का मस्तिष्क के कार्य में शारीरिक संबंध होता है। हालांकि, इस तरह के सहसंबंधी अध्ययन यह निर्धारित नहीं कर सकते हैं कि इन संज्ञानात्मक प्रक्रियाओं की घटना में तंत्रिका गतिविधि एक कारण भूमिका निभाती है या नहीं (सहसंबंध कार्य-कारण का संकेत नहीं देता है) और वे यह निर्धारित नहीं कर सकते हैं कि ऐसी प्रक्रियाओं के होने के लिए तंत्रिका गतिविधि आवश्यक या पर्याप्त है या नहीं। कार्य-कारण की पहचान, और आवश्यक और पर्याप्त शर्तों के लिए उस गतिविधि के स्पष्ट प्रायोगिक हेरफेर की आवश्यकता होती है। यदि मस्तिष्क गतिविधि के हेरफेर से

चेतना बदल जाती है, तो उस मस्तिष्क गतिविधि के लिए एक कारण भूमिका का अनुमान लगाया जा सकता है।

हेरफेर प्रयोगों के दो सबसे आम प्रकार हानि-के-कार्य और लाभ-के-कार्य प्रयोग हैं। फंक्शन-ऑफ़-फंक्शन (जिसे "आवश्यकता" भी कहा जाता है) प्रयोग में, तंत्रिका तंत्र का एक हिस्सा कम हो जाता है या यह निर्धारित करने के प्रयास में हटा दिया जाता है कि क्या यह एक निश्चित प्रक्रिया के होने के लिए आवश्यक है, और एक लाभ-कार्य में (जिसे "पर्याप्तता" भी कहा जाता है) प्रयोग, तंत्रिका तंत्र का एक पहलू सामान्य के सापेक्ष बढ़ जाता है।

मस्तिष्क की गतिविधि का हेरफेर प्रत्यक्ष विद्युत मस्तिष्क उत्तेजना, ट्रांसक्रानियल चुंबकीय उत्तेजना, साइकोफार्माकोलॉजिकल हेरफेर, ऑप्टोजेनेटिक हेरफेर और मस्तिष्क क्षति (केस स्टडीज) और घावों के लक्षणों का अध्ययन करके चुंबकीय मस्तिष्क उत्तेजना के साथ किया जा सकता है। इसके अलावा, न्यूरोसाइंटिस्ट भी जांच कर रहे हैं कि मस्तिष्क के विकास के साथ दिमाग कैसे विकसित होता है।

भौतिक विज्ञान–भौतिक विज्ञानी सीन एम. कैरोल ने लिखा है कि आत्मा का विचार क्वांटम फील्ड थ्योरी (QFT) के साथ असंगत है। वह लिखते हैं कि एक आत्मा के अस्तित्व के लिए: "न केवल नई भौतिकी की आवश्यकता है, बल्कि नाटकीय रूप से नए भौतिकी की भी आवश्यकता है। QFT के भीतर, 'स्पिरिट पार्टिकल्स' और 'स्पिरिट फोर्स' का एक नया संग्रह नहीं हो सकता है जो हमारे नियमित परमाणुओं के साथ बातचीत करते हैं, क्योंकि हम मौजूदा प्रयोगों में उनका पता लगा लेते।

संभव आत्मा/मस्तिष्क संपर्क के लिए एक व्याख्यात्मक तंत्र के रूप में क्वांटम अनिश्चितता का आह्वान किया गया है, लेकिन न्यूरोसाइंटिस्ट पीटर क्लार्क ने इस दृष्टिकोण के साथ त्रुटियां पाईं, यह देखते हुए कि कोई सबूत नहीं है कि ऐसी प्रक्रियाएं मस्तिष्क के कार्य में भूमिका निभाती हैं; क्लार्क ने निष्कर्ष निकाला कि कार्टेशियन आत्मा का क्वांटम भौतिकी से कोई आधार नहीं है।[सत्यापित करने के लिए उद्धरण की आवश्यकता है]

विश्व के प्रमुख धर्मों में आत्मा या रूह का विचार

यहूदी धर्म में और कुछ ईसाई संप्रदायों में, केवल मनुष्यों के पास अमर आत्माएं होती हैं (हालांकि यहूदी धर्म के भीतर अमरता विवादित है और अमरता की अवधारणा प्लेटो द्वारा प्रभावित होने की सबसे अधिक संभावना थी)। उदाहरण के लिए, थॉमस एक्विनास, अरस्तू के ऑन द सोल से सीधे उधार लेते हुए, सभी जीवों के लिए "आत्मा" (एनिमा) को जिम्मेदार ठहराया लेकिन तर्क दिया कि केवल मानव आत्माएं अमर हैं। अन्य धर्मों (सबसे विशेष रूप से हिंदू धर्म और जैन धर्म) का मानना है कि सबसे छोटे जीवाणु से लेकर सबसे बड़े स्तनधारियों तक सभी जीवित चीजें स्वयं आत्माएं (आत्मान, जीव) हैं और दुनिया में उनका भौतिक प्रतिनिधि (शरीर) है। वास्तविक आत्म आत्मा है, जबकि शरीर उस जीवन के कर्म का अनुभव करने के लिए केवल एक तंत्र है। इस प्रकार यदि कोई बाघ को देखता है तो उसमें (आत्मा) एक आत्म-जागरूक पहचान रहती है, और दुनिया में एक भौतिक प्रतिनिधि (बाघ का पूरा शरीर, जो देखा जा सकता है) है। कुछ सिखाते हैं कि गैर-जैविक संस्थाओं (जैसे नदियों और पहाड़ों) में भी आत्माएं होती हैं। इस विश्वास को जीववाद कहा जाता है।

प्राचीन निकट पूर्व–प्राचीन मिस्र के धर्म में, एक व्यक्ति को विभिन्न तत्वों से बना माना जाता था, कुछ भौतिक और कुछ आध्यात्मिक। इसी तरह के विचार प्राचीन असीरियन और बेबीलोनियन धर्म में पाए जाते हैं। कुट्टामुवा स्टीले, सामल से 8 वीं शताब्दी ईसा पूर्व के शाही अधिकारी के लिए एक अंतिम संस्कार स्टेल, कुट्टामुवा का अनुरोध करता है कि उनके शोक मनाने वालों ने "इस स्टेल में मेरी आत्मा के लिए" उत्सव के साथ अपने जीवन और उसके बाद के जीवन का जश्न मनाया। यह शरीर से अलग इकाई के रूप में आत्मा के शुरुआती संदर्भों में से एक है। 800 पौंड (360 किलो) बेसाल्ट स्टेल 3 फीट (0.91 मीटर) लंबा और 2 फीट (0.61 मीटर) चौड़ा है। यह शिकागो, इलिनॉय में ओरिएंटल इंस्टीट्यूट के न्यूबॉयर अभियान द्वारा खुदाई के तीसरे सत्र में खोला गया था।

बहाई आस्था–बहाई आस्था इस बात की पुष्टि करती है कि "आत्मा ईश्वर का एक चिन्ह है, एक स्वर्गीय रत्न जिसकी वास्तविकता को सबसे अधिक विद्वान लोग समझने में विफल रहे हैं, और जिसका रहस्य कोई मन, चाहे कितना भी तीव्र क्यों न हो, कभी भी जानने की उम्मीद नहीं कर सकता है"। बहाउल्लाह ने कहा कि मानव शरीर की शारीरिक मृत्यु के बाद भी आत्मा न केवल जीवित रहती है, बल्कि वास्तव

में अमर है। स्वर्ग को आंशिक रूप से आत्मा की ईश्वर से निकटता की स्थिति के रूप में देखा जा सकता है; और नरक परमेश्वर से दूर होने की स्थिति के रूप में। आध्यात्मिक रूप से विकसित होने के लिए प्रत्येक राज्य व्यक्तिगत प्रयासों, या उनकी कमी के स्वाभाविक परिणाम के रूप में अनुसरण करता है।बहाउल्लाह ने सिखाया कि यहां पृथ्वी पर उनके जीवन से पहले व्यक्तियों का कोई अस्तित्व नहीं है और आत्मा का विकास हमेशा ईश्वर की ओर और भौतिक संसार से दूर होता है।

ईसाई धर्म

कुछ ईसाई युगांतशास्त्र के अनुसार, जब लोग मरते हैं, तो उनकी आत्माओं का न्याय परमेश्वर द्वारा किया जाएगा और वे स्वर्ग या अधोलोक में पुनरुत्थान की प्रतीक्षा में जाने के लिए दृढ़ संकल्पित होंगे। ईसाई धर्म की सबसे पुरानी मौजूदा शाखाएँ, कैथोलिक चर्च और पूर्वी और ओरिएंटल रूढ़िवादी चर्च, इस दृष्टिकोण के साथ-साथ कई प्रोटेस्टंट संप्रदायों का पालन करते हैं। कुछ प्रोटेस्टंट ईसाई आत्मा को "जीवन" के रूप में समझते हैं और मानते हैं कि पुनरुत्थान (ईसाई सशर्तवाद) के बाद तक मृतकों का कोई सचेत अस्तित्व नहीं है।

कुछ प्रोटेस्टंट ईसाई मानते हैं कि अधर्मियों की आत्मा और शरीर हमेशा के लिए पीड़ित होने के बजाय नरक में नष्ट हो जाएंगे। (विनाशवाद)। विश्वासी या तो स्वर्ग में, या पृथ्वी पर परमेश्वर के राज्य में अनन्त जीवन प्राप्त करेंगे, और परमेश्वर के साथ अनन्त संगति का आनंद लेंगे। अन्य ईसाई आत्मा की सजा को अस्वीकार करते हैं।

पॉल ने प्रेरित किया ψ (नेफेश) और ר (नेफेश) और ח ר ruah (आत्मा) के यहूदी धारणाओं के बीच अंतर करने के लिए विशेष रूप से ψ π (Psychē) और ῦνεῦῃμα (Pneuma) का उपयोग किया। = स्पिरिटस देई = "ईश्वर की आत्मा")।

आत्मा की उत्पत्ति–"आत्मा की उत्पत्ति" ने ईसाई धर्म में एक परेशान करने वाला प्रश्न प्रदान किया है। सामने रखे गए प्रमुख सिद्धांतों में आत्मा निर्माणवाद, परंपरावाद और पूर्व-अस्तित्व शामिल हैं। आत्मा सृजनवाद के अनुसार, ईश्वर प्रत्येक व्यक्ति की आत्मा को प्रत्यक्ष रूप से या तो गर्भाधान के समय या कुछ बाद के समय में बनाता है। परंपरावाद के अनुसार, आत्मा प्राकृतिक पीढ़ी द्वारा माता-पिता से आती है। पूर्व-अस्तित्व सिद्धांत के अनुसार, आत्मा गर्भाधान के क्षण से पहले मौजूद होती है। इस बारे में अलग-अलग विचार हैं कि क्या मानव भ्रूण में गर्भाधान से आत्मा होती है, या गर्भधारण और जन्म के बीच एक बिंदु है जहां भ्रूण एक आत्मा, चेतना और/या व्यक्तित्व प्राप्त करता है। इस प्रश्न की स्थिति गर्भपात की नैतिकता पर निर्णय में एक भूमिका निभा सकती है।

आत्मा का ट्राइकोटॉमी–ऑगस्टाइन (354-430), पश्चिमी ईसाई धर्म के सबसे प्रभावशाली शुरुआती ईसाई विचारकों में से एक, ने आत्मा को "एक विशेष पदार्थ, कारण से संपन्न, शरीर पर शासन करने के लिए अनुकूलित" के रूप में वर्णित किया।

कुछ ईसाई मनुष्यों के त्रिकोटोमिक दृष्टिकोण का समर्थन करते हैं, जो मनुष्य को एक शरीर (सोम), आत्मा (मानस), और आत्मा (प्यूनुमा) से मिलकर बनाता

है।हालाँकि, अधिकांश आधुनिक बाइबिल विद्वान बताते हैं कि कैसे "आत्मा" और "आत्मा" की अवधारणाओं का उपयोग कई बाइबिल मार्ग में एक दूसरे के लिए किया जाता है, और इसलिए द्विभाजन को पकड़ते हैं: यह विचार कि प्रत्येक मानव में एक शरीर और एक आत्मा शामिल है। पौलुस ने कहा कि "शरीर आत्मा से लड़ता है", "क्योंकि परमेश्वर का वचन जीवित, और प्रबल, और हर एक दोधारी तलवार से भी बहुत चोखा है, और जीव और आत्मा को अलग करके वार करता है" (इब्रानियों 4:12)। , और यह कि "मैं अपने शरीर को बुफे करता हूं", इसे नियंत्रण में रखने के लिए।

विभिन्न संप्रदायों के विचार–रोमन कैथोलिकवाद

कैथोलिक चर्च के वर्तमान जिरह में कहा गया है कि शब्द आत्मा

"[व्यक्तियों] के अंतरतम पहलू को संदर्भित करता है, जो [उन] में सबसे बड़ा मूल्य है, जिसके द्वारा [वे] विशेष रूप से भगवान की छवि में हैं: 'आत्मा' [मानवता] में आध्यात्मिक सिद्धांत को दर्शाता है"।

सभी जीवित और मृत आत्माओं का यीशु मसीह द्वारा न्याय किया जाएगा जब वह पृथ्वी पर वापस आएगा। कैथोलिक चर्च सिखाता है कि प्रत्येक व्यक्ति की आत्मा का अस्तित्व पूरी तरह से ईश्वर पर निर्भर है:

"विश्वास का सिद्धांत इस बात की पुष्टि करता है कि आध्यात्मिक और अमर आत्मा को तुरंत भगवान ने बनाया है।"

प्रोटेस्टेंट–प्रोटेस्टेंट आम तौर पर आत्मा के अस्तित्व और अमरता में विश्वास करते हैं, लेकिन बाद के जीवन के संदर्भ में इसका क्या अर्थ है, इसके बारे में दो प्रमुख शिविरों में आते हैं। जॉन केल्विन का अनुसरण करने वाले कुछ लोगों का मानना है कि मृत्यु के बाद आत्मा चेतना के रूप में बनी रहती है। अन्य, मार्टिन लूथर का अनुसरण करते हुए, मानते हैं कि आत्मा शरीर के साथ मर जाती है, और मृतकों के पुनरुत्थान तक बेहोश ("सोती") है।

आगमनवाद–एडवेंटिज़्म से उत्पन्न होने वाले विभिन्न नए धार्मिक आंदोलन - जिनमें क्रिस्टाडेल्फियन, सेवेंथ-डे एडवेंटिस्ट, और यहोवा के साक्षी शामिल हैं - इसी तरह मानते हैं कि मृतकों के पास शरीर से अलग आत्मा नहीं होती है और पुनरुत्थान तक बेहोश हैं।

लैटर-डे सेंट्स ('मोर्मोनिज़्म')--चर्च ऑफ जीसस क्राइस्ट ऑफ लैटर-डे सेंट्स सिखाता है कि आत्मा और शरीर मिलकर मनुष्य की आत्मा (मानव जाति) का निर्माण करते हैं। "आत्मा और शरीर मनुष्य की आत्मा हैं।" अंतिम-दिनों के संतों

का मानना है कि आत्मा एक पूर्व-विद्यमान, ईश्वर-निर्मित आत्मा और एक लौकिक शरीर का मिलन है। , जो पृथ्वी पर भौतिक गर्भाधान से बनता है।

मृत्यु के बाद, आत्मा जीवित रहती है और पुनरुत्थान तक आत्मा की दुनिया में प्रगति करती है, जब यह उस शरीर के साथ फिर से जुड़ जाती है जो एक बार इसमें रहती थी। शरीर और आत्मा के इस पुनर्मिलन का परिणाम एक परिपूर्ण आत्मा में होता है जो अमर और शाश्वत है, और आनंद की पूर्णता प्राप्त करने में सक्षम है।

लैटर-डे सेंट कॉस्मोलॉजी भी "बुद्धिमत्ता" को चेतना या एजेंसी के सार के रूप में वर्णित करती है। ये ईश्वर के साथ सह-शाश्वत हैं, और आत्माओं को चेतन करते हैं। नव-सृजित आत्मिक शरीर का एक शाश्वत रूप से विद्यमान बुद्धि के साथ मिलन एक "आत्मा जन्म" [उद्धरण वांछित] का गठन करता है और भगवान के शीर्षक "हमारी आत्माओं के पिता" को सही ठहराता है।

 कन्फ्यूशीवाद–कुछ कन्फ्यूशियस परंपराएं एक आध्यात्मिक आत्मा की तुलना एक भौतिक आत्मा से करती हैं।

हिन्दू धर्म

आत्मान (हिंदू धर्म) और जीव

आत्मान एक संस्कृत शब्द है जिसका अर्थ आंतरिक आत्म या आत्मा है।

हिंदू दर्शन में, विशेष रूप से हिंदू धर्म के वेदांत स्कूल में, आत्मान पहला सिद्धांत है, घटना के साथ पहचान से परे एक व्यक्ति का सच्चा आत्म, एक व्यक्ति का सार। मुक्ति (मोक्ष) प्राप्त करने के लिए, मनुष्य को आत्म-ज्ञान (आत्म ज्ञान) प्राप्त करना चाहिए, जो यह महसूस करना है कि अद्वैत वेदांत के अनुसार उसका सच्चा आत्म (आत्मन) पारलौकिक आत्म ब्रह्म के समान है।

हिंदू धर्म के छह रूढ़िवादी स्कूलों का मानना है कि हर प्राणी में आत्मान (आत्म, सार) है।

हिंदू धर्म और जैन धर्म में, एक जीव (संस्कृत: जीव, जीव, वैकल्पिक वर्तनी जीवा; हिंदी: जीव, जीव, वैकल्पिक वर्तनी जीव) एक जीवित प्राणी है, या जीवन शक्ति से युक्त कोई भी इकाई है।

जैन धर्म में जीव की अवधारणा हिंदू धर्म में आत्मा के समान है। हालांकि, कुछ हिंदू परंपराएं दो अवधारणाओं के बीच अंतर करती हैं, जीव को व्यक्तिगत आत्म के रूप में माना जाता है, जबकि आत्मा वह है जो सार्वभौमिक अपरिवर्तनीय स्व है जो सभी जीवित प्राणियों में मौजूद है और बाकी सब कुछ तत्वमीमांसा ब्राह्मण के रूप में है।

उत्तरार्द्ध को कभी-कभी जीव-आत्मान (एक जीवित शरीर में एक आत्मा) के रूप में संदर्भित किया जाता है।

इस्लाम धर्म

रूह का कुरान में चार बार उल्लेख किया गया है, जहां यह ईश्वरीय क्रिया या संचार के एजेंट के रूप में कार्य करता है। पवित्र आत्मा की मुस्लिम व्याख्या आम तौर पर पुराने और नए नियम पर आधारित अन्य व्याख्याओं के अनुरूप है। इसके अलावा, कुरान रूह को रूह अल-कुदस, "पवित्र आत्मा" या "पवित्रता की आत्मा") और अर-रूह अल-अमीन ("वफादार / भरोसेमंद आत्मा") के रूप में संदर्भित करता है। पवित्र आत्मा को आमतौर पर महादूत गेब्रियल : جبريل, जिब्रिल या جبرائيل, जिब्राईल) के रूप में जाना जाता है, जो सभी नबियों के दूत हैं।

सूफीवाद में, रूह (: روح; बहुवचन अरवाः) एक व्यक्ति का अमर, आवश्यक स्व-प्यूनुमा, यानी "आत्मा" या "आत्मा" है।

कुरान स्वयं रूह को प्रत्यक्ष रूप से अमर आत्म के रूप में वर्णित नहीं करता है। फिर भी, कुछ संदर्भों में, यह निर्जीव पदार्थ को सजीव करता है। इसके अलावा, यह एक रूपक प्रतीत होता है, जैसे कि एक देवदूत। एक उदाहरण में, रूह यीशु को संदर्भित करता है।

कुरान के बाहर, रूह का अर्थ पृथ्वी पर विचरण करने वाली आत्मा से भी हो सकता है; एक भूत।

अल-लताइफ अस-सिट्टा (: اللطائف الستة) में यह तीसरी शुद्धता है।

कुछ मुस्लिम टीकाकारों ने इस अभिव्यक्ति को "वफादार/भरोसेमंद आत्मा" (अर-रूह अल-अमीन) के साथ जोड़ा, जिसके बारे में कहा जाता है कि उसने आयत 26:193 में कुरान को नीचे लाया, और गेब्रियल के साथ इसकी पहचान की।

अन्य मुस्लिम टीकाकारों ने इसे कुरान की अन्य छंदों में वर्णित निर्मित आत्मा के समान देखा, जिसके माध्यम से भगवान ने आदम को जीवन में लाया (उदाहरण के लिए, 15:29), मैरी ने यीशु को गर्भ धारण कराया [कुरान 21:91] और स्वर्गदूतों और भविष्यद्वक्ताओं को प्रेरित किया (उदा., 17:85). आत्मा जो "स्वर्गदूतों" के साथ उतरती है और भगवान के पास जाती है (कुरान 16:2, 70:4, 97:4) को कुरानिक टिप्पणियों में गेब्रियल के साथ भी पहचाना गया था। इस प्रकार, गेब्रियल का चित्र रहस्योद्घाटन की सामग्री और स्वयं अनुभूति की प्रकृति पर धार्मिक चिंतन का केंद्र बन गया, जिसमें कारण, भविष्यवाणिय रहस्योद्घाटन और रहस्यमय ज्ञान के बीच स्पष्ट भेद थे।

माना जाता है कि ईश्वर मनुष्यों को रूह روح और नफ़्स نفس, (अर्थात अहंकार या मानस) प्रदान करता है। रूह नफ़्स को "संचालित" करता है, जिसमें लौकिक इच्छाएँ और संवेदी धारणाएँ शामिल हैं। यदि रूह शारीरिक आग्रहों के आगे समर्पण कर दे

तो नफ्स शरीर पर नियंत्रण ग्रहण कर सकते हैं। नफ्स सदर (छाती) के भीतर शारीरिक इच्छा के अधीन है, जबकि रूह एक व्यक्ति का सारहीन सार है, जो मनुष्यों और अन्य जानवरों द्वारा साझा की जाने वाली भावनाओं और सहज ज्ञान से परे है; रूह शरीर को जीवंत बनाता है। कुछ अरवाः (आत्माएं) सातवें आसमान में रहती हैं। स्वर्गदूतों के विपरीत, उन्हें खाने और पीने की अपेक्षा की जाती है। उनके लिए अर-रूह (आत्मा) नामक एक देवदूत जिम्मेदार है।

ग़ज़ाली, इब्न क़ैयिम और सुयुति जैसे मुस्लिम लेखकों ने भूतों के जीवन के बारे में अधिक विस्तार से लिखा है। इब्न कय्यिम और सुयुती का दावा है, जब एक आत्मा लंबे समय तक पृथ्वी पर वापस आने की इच्छा रखती है, तो उसे धीरे-धीरे बरज़ख के प्रतिबंधों से मुक्त कर दिया जाता है और स्वतंत्र रूप से स्थानांतरित करने में सक्षम होता है। प्रत्येक आत्मा सांसारिक जीवन में अपने कर्मों और विश्वासों के अनुसार बाद के जीवन का अनुभव करती है। दुष्ट आत्माएँ सजा पाकर बाद के जीवन को दर्दनाक पाएंगी, और तब तक कैद में रहेंगी जब तक कि भगवान उन्हें अन्य आत्माओं के साथ बातचीत करने की अनुमति नहीं देते। हालांकि, अच्छी आत्माएं प्रतिबंधित नहीं हैं। वे अन्य आत्माओं से मिलने के लिए स्वतंत्र हैं और यहां तक कि निचले क्षेत्रों में भी आ सकते हैं। ऊँचे तलों को निचले तलों की तुलना में चौड़ा माना जाता है, सबसे निचला तल सबसे संकरा होता है। आध्यात्मिक स्थान को स्थानिक नहीं माना जाता है, बल्कि आत्मा की क्षमता को दर्शाता है। आत्मा जितनी अधिक शुद्ध होती है, उतनी ही अधिक यह अन्य आत्माओं के साथ बातचीत करने में सक्षम होती है और इस प्रकार स्वतंत्रता की व्यापक डिग्री तक पहुंचती है।

कुरान, इस्लाम की पवित्र पुस्तक, आत्मा को संदर्भित करने के लिए दो शब्दों का उपयोग करती है: रूह (आत्मा, चेतना, पनुमा या "आत्मा" के रूप में अनुवादित) और नफ़्स (स्वयं, अहंकार, मानस या "आत्मा" के रूप में अनुवादित), हिब्रू नेफेश और रूआच के संजातीय। दो शब्दों को अक्सर एक दूसरे के स्थान पर उपयोग किया जाता है, हालांकि रूह का प्रयोग अक्सर दिव्य आत्मा या "जीवन की सांस" को दर्शाने के लिए किया जाता है, जबकि नफ्स किसी के स्वभाव या विशेषताओं को निर्दिष्ट करता है। इस्लामी दर्शन में, अमर रूह नश्वर नफ़्स को "संचालित" करता है, जिसमें जीवित रहने के लिए आवश्यक अस्थायी इच्छाएं और धारणाएं शामिल हैं। रूह का उल्लेख करने वाले कुरान के दो अंश अध्याय 17 ("द नाइट जर्नी") और 39 ("द ड्रॉप्स") में पाए जाते हैं:

और वे तुम से, [हे मुहम्मद], रूह के बारे में पूछते हैं। कह दो, "रूह तो मेरे रब के काम की बात है। और लोगों को ज्ञान थोड़े ही के सिवा दिया गया है।— कुरान 17:85
 अल्लाह प्राणों को उनकी मृत्यु के समय ले लेता है, और जो नहीं मरते उनकी नींद में [वह लेता है]। फिर वह उन्हें रखता है जिनके लिए उसने मृत्यु का आदेश दिया है और दूसरों को एक निश्चित अवधि के लिए छोड़ देता है। निश्चय ही इसमें उन लोगों के लिए निशानियाँ हैं जो चिन्तन करते हैं कुरान 39:42
 जैन धर्म–जैन धर्म में, प्रत्येक जीवित प्राणी, पौधे या जीवाणु से लेकर मानव तक, एक आत्मा है और अवधारणा जैन धर्म का आधार है। जैन धर्म के अनुसार आत्मा के अस्तित्व का कोई आदि या अंत नहीं है। यह प्रकृति में शाश्वत है और मुक्ति प्राप्त होने तक अपना रूप बदलता रहता है।

जैन धर्म में, जीव एक जीवित जीव (मानव, पशु, मछली या पौधे आदि) का अमर सार या आत्मा है जो शारीरिक मृत्यु से बच जाता है। जैन धर्म में अजीव की अवधारणा का अर्थ है "आत्मा नहीं", और पदार्थ (शरीर सहित), समय, स्थान, गैर-गति और गति का प्रतिनिधित्व करता है। जैन धर्म में, एक जीव या तो संसारी (सांसारिक, पुनर्जन्म के चक्र में फंस गया) या मुक्ता (मुक्त) होता है।

इस मान्यता के अनुसार जब तक आत्मा संसार (बार-बार जन्म और मृत्यु के चक्र) से मुक्त नहीं हो जाती, तब तक वह व्यक्तिगत आत्मा के कर्म (क्रियाओं) के आधार पर इनमें से किसी एक शरीर से जुड़ जाती है। आत्मा चाहे किसी भी अवस्था में हो, उसमें समान गुण और गुण होते हैं। मुक्त और अमुक्त आत्माओं के बीच अंतर यह है कि गुण और गुण सिद्ध (मुक्त आत्मा) के मामले में पूरी तरह से प्रकट होते हैं क्योंकि उन्होंने सभी कर्म बंधनों को पार कर लिया है जबकि गैर-मुक्त आत्माओं के मामले में वे आंशिक रूप से प्रदर्शित होते हैं। आत्माएं जो भौतिक शरीरों के भीतर रहते हुए भी दुष्ट भावनाओं पर विजय प्राप्त करती हैं, उन्हें अरिहंत कहा जाता है।
 आत्मा के जैन मत के सम्बन्ध में वीरचंद गाँधी ने कहा

आत्मा अपना जीवन शरीर के प्रयोजन के लिए नहीं, अपितु शरीर आत्मा के प्रयोजन के लिए जीता है। यदि हम मानते हैं कि आत्मा को शरीर द्वारा नियंत्रित किया जाना है तो आत्मा अपनी शक्ति खो देती है।

यहूदी धर्म–हिब्रू शब्द נפש नेफेश (शाब्दिक रूप से "जीवित प्राणी"), רוח ruach (शाब्दिक रूप से "हवा"), נשמה neshamah (शाब्दिक रूप से "सांस"), חיה chayah (शाब्दिक रूप से "जीवन") और יחידה yechidah (शाब्दिक रूप से "विलक्षणता") आत्मा या आत्मा का वर्णन करने के लिए उपयोग किया जाता है।

यहूदी धर्म में आत्मा को ईश्वर द्वारा आदम को दिया गया माना जाता है जैसा कि उत्पत्ति में वर्णित है,

तब यहोवा परमेश्वर ने आदम को भूमि की मिट्टी से रचा, और उसके नथनों में जीवन का श्वास फूंक दिया; और मनुष्य एक जीवित प्राणी बन गया।

उत्पत्ति 2:7– यहूदी धर्म किसी की आत्मा की गुणवत्ता को आज्ञाओं के प्रदर्शन (मिट्जवॉट) से संबंधित करता है और समझ के उच्च स्तर तक पहुंचता है, और इस प्रकार भगवान से निकटता। ऐसी निकटता वाले व्यक्ति को तज़ादिक कहा जाता है। इसलिए, यहूदी धर्म किसी की मृत्यु के दिन, नाहला/याहत्ज़ित के स्मरणोत्सव को गले लगाता है, न कि जन्मदिन को स्मरण के उत्सव के रूप में, क्योंकि केवल जीवन के संघर्षों, परीक्षणों और चुनौतियों के अंत की ओर मानव आत्माओं का न्याय किया जा सकता है और उन्हें धार्मिकता के लिए श्रेय दिया जा सकता है। यहूदी धर्म आत्माओं के अध्ययन को बहुत महत्व देता है।

कबला और अन्य रहस्यवादी परंपराएँ आत्मा की प्रकृति के बारे में अधिक विस्तार से बताती हैं। कबला आत्मा को पाँच तत्वों में विभाजित करता है, जो पाँच लोकों के अनुरूप है:

नेफेश, प्राकृतिक वृति से संबंधित।

रूच, बुद्धि से संबंधित और भगवान के बारे में जागरूकता।

Neshamah, भावना और नैतिकता से संबंधित।

छाया को मानो ईश्वर का अंश माना जाता है।

यचिदाह। यह पहलू अनिवार्य रूप से ईश्वर के साथ एक है।

कबला ने पुनर्जन्म, गिलगुल की अवधारणा को भी प्रस्तावित किया।

कुछ यहूदी परंपराओं का दावा है कि आत्मा लूज़ हड्डी में स्थित है, हालांकि परंपराएं इस बात से असहमत हैं कि क्या यह रीढ़ की हड्डी के शीर्ष पर स्थित एटलस है, या रीढ़ की हड्डी के निचले भाग में त्रिकास्थि है।

साइंटोलॉजी–साइंटोलॉजी का मत है कि व्यक्ति में आत्मा नहीं होती, वह आत्मा होती है। यह धर्म की मान्यता है कि उनके पास अनुयायियों के निष्कर्ष पर बल देने की शक्ति नहीं है।इसलिए, एक व्यक्ति अमर है, और यदि वे चाहें तो उनका पुनर्जन्म हो सकता है। साइंटोलॉजिस्ट मानते हैं कि उनकी आध्यात्मिकता द्वारा निर्देशित भविष्य की खुशी और अमरता इस बात से प्रभावित होती है कि वे पृथ्वी पर अपने समय के दौरान कैसे रहते और कार्य करते हैं। आत्मा के लिए साइंटोलॉजी शब्द "थेटन" है, जो ग्रीक शब्द "थीटा" से लिया गया है, जो विचार का प्रतीक है। साइंटोलॉजी काउंसलिंग (जिसे ऑडिटिंग कहा जाता है) आत्मा को सांसारिक और

आध्यात्मिक दोनों क्षमताओं में सुधार करने के लिए संबोधित करती है। इस समझ से जुड़ी विचारधाराएं दुनिया के पांच प्रमुख धर्मों के साथ तालमेल बिठाती हैं।

शामानिस्म–आत्मा द्वैतवाद (जिसे "एकाधिक आत्माएं" या "द्वैतवादी बहुलवाद" भी कहा जाता है) शमनवाद में एक आम धारणा है, और "आत्मा उड़ान" की सार्वभौमिक और केंद्रीय अवधारणा में आवश्यक है (जिसे "आत्मा" भी कहा जाता है) यात्रा", "शरीर से बाहर का अनुभव", "परमानंद", या "सूक्ष्म प्रक्षेपण")।

यह विश्वास है कि मनुष्यों में दो या दो से अधिक आत्माएं होती हैं, जिन्हें आमतौर पर "शरीर आत्मा" (या "जीवन आत्मा") और "मुक्त आत्मा" कहा जाता है। पूर्व जागते समय शारीरिक कार्यों और जागरूकता से जुड़ा हुआ है, जबकि बाद वाला नींद या ट्रान्स अवस्था के दौरान स्वतंत्र रूप से घूम सकता है। कुछ मामलों में, विभिन्न कार्यों के साथ ढेर सारे आत्मा प्रकार होते हैं।

आत्मा द्वैतवाद और कई आत्माएं ऑस्ट्रोनेशियन लोगों, चीनी लोगों (हून और पो), तिब्बती लोगों,अधिकांश अफ्रीकी लोगों, अधिकांश लोगों की पारंपरिक जीववादी मान्यताओं में प्रमुख हैं मूल उत्तरी अमेरिकी, प्राचीन दक्षिण एशियाई लोग, उत्तरी यूरेशियन लोग, और प्राचीन मिस्रवासी (का और बा)

आत्मा द्वैतवाद में विश्वास अधिकांश ऑस्ट्रोनेशियाई शमनवादी परंपराओं में पाया जाता है। "शरीर की आत्मा" के लिए पुनर्निर्मित प्रोटो-ऑस्ट्रोनेशियन शब्द * नवा ("सांस", "जीवन", या "महत्वपूर्ण आत्मा") है। यह उदर गुहा में कहीं स्थित होता है, अक्सर यकृत या हृदय में (प्रोटो-ऑस्ट्रोनेशियन *qaCay)। "मुक्त आत्मा" सिर में स्थित है। इसके नाम आमतौर पर प्रोटो-ऑस्ट्रोनेशियन *qaNiCu ("भूत", "आत्मा [मृतकों की]") से प्राप्त होते हैं, जो अन्य गैर-मानव प्रकृति आत्माओं पर भी लागू होते हैं। प्रोटो-ऑस्ट्रोनेशियाई *डुसा ("दो") से "मुक्त आत्मा" को उन नामों में भी संदर्भित किया जाता है जिनका शाब्दिक अर्थ "जुड़वां" या "डबल" होता है।

एक गुणी व्यक्ति उसे कहा जाता है जिसकी आत्मा एक दूसरे के साथ सामंजस्य रखती है, जबकि एक दुष्ट व्यक्ति वह होता है जिसकी आत्मा संघर्ष में होती है।

कहा जाता है कि "मुक्त आत्मा" नींद, ट्रान्स-जैसी अवस्थाओं, प्रलाप, पागलपन और मृत्यु के दौरान शरीर को छोड़कर आत्मा की दुनिया की यात्रा करती है। द्वैत को ऑस्ट्रोनेशियन शेमन्स की चिकित्सा परंपराओं में भी देखा जाता है, जहां बीमारियों को "आत्मा हानि" के रूप में माना जाता है और इस प्रकार बीमारों को ठीक करने के लिए, "मुक्त आत्मा" को "वापस" करना चाहिए (जो एक दुष्ट आत्मा द्वारा चुराया गया हो सकता है) या आत्मा की दुनिया में खो गया) शरीर में। यदि "स्वतंत्र

आत्मा" को वापस नहीं किया जा सकता है, पीड़ित व्यक्ति मर जाता है या स्थायी रूप से पागल हो जाता है।

कुछ जातीय समूहों में, दो से अधिक आत्माएँ भी हो सकती हैं। तगबानवा लोगों की तरह, जहां एक व्यक्ति के बारे में कहा जाता है कि उसकी छह आत्माएं हैं - "मुक्त आत्मा" (जिसे "सच्ची" आत्मा माना जाता है) और विभिन्न कार्यों वाली पांच गौण आत्माएं।

कई इनुइट समूहों का मानना है कि एक व्यक्ति में एक से अधिक प्रकार की आत्मा होती है। एक श्वसन से जुड़ा है, दूसरा शरीर के साथ छाया के रूप में रह सकता है। कुछ मामलों में, यह विभिन्न इनुइट समूहों के बीच शैतानी मान्यताओं से जुड़ा है। साथ ही कारिबू इनुइट समूह कई प्रकार की आत्माओं में विश्वास करते थे। शमां मानव आत्मा के 'खोए हुए' हिस्सों को जहां कहीं भी गया हो, वहां से लौटाकर आध्यात्मिक आयाम के भीतर चंगा करता है। शमां अतिरिक्त नकारात्मक ऊर्जाओं को भी साफ करता है, जो आत्मा को भ्रमित या प्रदूषित करती हैं।

शिंटो–शिंटो जीवित व्यक्तियों (तमाशी) और मृत व्यक्तियों (मितामा) की आत्माओं के बीच अंतर करता है, जिनमें से प्रत्येक के अलग-अलग पहलू या उप-आत्माएं हो सकती हैं।

सिख धर्म– सिख धर्म आत्मा (आत्मा) को ईश्वर (वाहेगुरु) का हिस्सा मानता है। पवित्र ग्रंथ गुरु ग्रंथ साहिब (SGGS) से विभिन्न भजन उद्धृत किए गए हैं जो इस विश्वास का सुझाव देते हैं। "ईश्वर आत्मा में है और आत्मा ईश्वर में है।"यही अवधारणा एसजीजीएस के विभिन्न पृष्ठों पर दोहराई गई है। उदाहरण के लिए: "आत्मा दिव्य है; दिव्य आत्मा है। उसकी प्रेम से पूजा करो।" और "आत्मा ही प्रभु है, और भगवान आत्मा है; शबद पर विचार करने से, भगवान मिल जाता है।"

सिख धर्म के अनुसार आत्मा या आत्मा मानव शरीर में एक इकाई या "आध्यात्मिक चिंगारी" या "प्रकाश" है - जिसके कारण शरीर जीवन को बनाए रख सकता है। इस इकाई के शरीर से चले जाने पर, शरीर निर्जीव हो जाता है - शरीर के साथ कोई भी जोड़तोड़ व्यक्ति को कोई शारीरिक क्रिया नहीं करवा सकता है। आत्मा शरीर में "चालक" है। यह रोहू या आत्मा या आत्मा है, जिसकी उपस्थिति भौतिक शरीर को जीवंत बनाती है।

कई [मात्रात्मक] धार्मिक और दार्शनिक परंपराएँ इस दृष्टिकोण का समर्थन करती हैं कि आत्मा ईथर पदार्थ है - एक आत्मा; एक गैर-भौतिक चिंगारी - विशेष रूप से एक अद्वितीय जीवित प्राणी के लिए। इस तरह की परंपराएं अक्सर आत्मा को अमर और सहज रूप से अपनी अमर प्रकृति के बारे में जानती हैं, साथ ही साथ प्रत्येक

जीवित प्राणी में संवेदना का सही आधार भी मानती हैं। आत्मा की अवधारणा के बाद के जीवन की धारणाओं के साथ मजबूत संबंध हैं, लेकिन मृत्यु के बाद आत्मा के साथ क्या होता है, इस बारे में राय किसी दिए गए धर्म के भीतर भी बेतहाशा भिन्न हो सकती है। इन धर्मों और दर्शनों में से कई आत्मा को सारहीन के रूप में देखते हैं, जबकि अन्य इसे संभवतः भौतिक मानते हैं।

ताओ धर्म–चीनी परंपराओं के अनुसार, प्रत्येक व्यक्ति में दो प्रकार की आत्माएं होती हैं जिन्हें हुन और पो (魂 और 魄) कहा जाता है, जो क्रमशः यांग और यिन हैं। ताओवाद दस आत्माओं में विश्वास करता है, संहुनकिपो (三魂七魄) "तीन हुन और सात पो"।

एक जीवित प्राणी जो उनमें से किसी को भी खो देता है, उसे मानसिक बीमारी या बेहोशी कहा जाता है, जबकि एक मृत आत्मा एक विकलांगता, कम इच्छाओं के दायरे में पुनर्जन्म ले सकती है, या पुनर्जन्म लेने में भी असमर्थ हो सकती है।

पारसी धर्म– अन्य धार्मिक विश्वास और विचार– कैरन (ग्रीक) जो मृत आत्माओं को अंडरवर्ल्ड तक ले जाता है। चौथी शताब्दी ईसा पूर्व।

आत्मा के धार्मिक संदर्भ में, "जीवन" और "मृत्यु" शब्दों को "जैविक जीवन" और "जैविक मृत्यु" की सामान्य अवधारणाओं की तुलना में सशक्त रूप से अधिक निश्चित रूप से देखा जाता है। क्योंकि आत्मा को भौतिक अस्तित्व से परे कहा जाता है, और कहा जाता है कि उसके पास (संभावित रूप से) शाश्वत जीवन है, आत्मा की मृत्यु को भी शाश्वत मृत्यु कहा जाता है। इस प्रकार, दैवीय निर्णय की अवधारणा में, भगवान को आमतौर पर स्वर्ग (यानी, स्वर्गदूतों) से लेकर नरक (यानी, राक्षसों) तक, बीच में विभिन्न अवधारणाओं के साथ, आत्माओं के वितरण के संबंध में विकल्प कहा जाता है। विशिष्ट रूप से स्वर्ग और नरक दोनों को शाश्वत कहा जाता है, या कम से कम जीवनकाल और समय की एक विशिष्ट मानवीय अवधारणा से परे।

लुइस गिन्ज़बर्ग के अनुसार, आदम की आत्मा ईश्वर की छवि है। मानव की हर आत्मा भी हर रात शरीर से निकल जाती है, स्वर्ग में उठती है, और वहां से मनुष्य के शरीर के लिए नया जीवन प्राप्त करती है।

आध्यात्मिकता, नया युग, और नए धर्म

ब्रह्मा कुमारिस–ब्रह्मा कुमारियों में, मानव आत्माओं को निराकार और शाश्वत माना जाता है। शांति, प्रेम और पवित्रता जैसे आध्यात्मिक गुणों की अधिकतम डिग्री के साथ भगवान को सर्वोच्च आत्मा माना जाता है।

<u>ब्रह्मविद्या</u>– हेलेना ब्लावात्स्की की थियोसॉफी में, आत्मा हमारी मनोवैज्ञानिक गतिविधि (सोच, भावनाओं, स्मृति, इच्छाओं, इच्छा, और इसी तरह) के साथ-साथ तथाकथित अपसामान्य या मानसिक घटना (अतिसंवेदी धारणा, शरीर से बाहर) का क्षेत्र है। अनुभव, आदि)। हालाँकि, आत्मा सर्वोच्च नहीं है, बल्कि मनुष्य का एक मध्य आयाम है। आत्मा से ऊपर आत्मा है, जिसे वास्तविक स्व माना जाता है; हर चीज का स्रोत जिसे हम "अच्छा" कहते हैं - खुशी, ज्ञान, प्रेम, करुणा, सद्भाव, शांति, आदि। जबकि आत्मा शाश्वत और अविनाशी है, आत्मा नहीं है। आत्मा भौतिक शरीर और आध्यात्मिक आत्मा के बीच एक कड़ी के रूप में कार्य करती है, और इसलिए दोनों की कुछ विशेषताओं को साझा करती है। आत्मा या तो आध्यात्मिक या भौतिक क्षेत्र की ओर आकर्षित हो सकती है, इस प्रकार अच्छाई और बुराई का "युद्धक्षेत्र" है। यह केवल तभी होता है जब आत्मा आध्यात्मिक की ओर आकर्षित होती है और स्वयं के साथ विलीन हो जाती है कि यह शाश्वत और दिव्य हो जाती है।

नृविज्ञान– रुडोल्फ स्टीनर ने आत्मा के विकास के क्लासिकल ट्राइकोटोमिक चरणों का दावा किया, जो चेतना में एक दूसरे से जुड़े हुए थे:

मजबूत शंक्वाकार (इच्छा) और भावनात्मक घटकों के साथ संवेदनाओं, ड्राइव और जुनून पर केंद्रित "भावुक आत्मा";

"बौद्धिक" या "दिमाग आत्मा", बाहरी अनुभव पर आंतरिककरण और प्रतिबिंबित, मजबूत प्रभावशाली (भावना) और संज्ञानात्मक (सोच) घटकों के साथ; और

"चेतना आत्मा", सार्वभौमिक, वस्तुनिष्ठ सत्य की खोज में।

सूरत शब्द योग में, आत्मा को परमात्मा की एक सटीक प्रतिकृति और चिंगारी माना जाता है। सूरत शब्द योग का उद्देश्य भौतिक शरीर में रहते हुए अपने सच्चे स्व को आत्मा (आत्म-साक्षात्कार), सच्चे सार (आत्मा-साक्षात्कार) और सच्चे दिव्यता (ईश्वर-साक्षात्कार) के रूप में महसूस करना है।

इसी तरह, आध्यात्मिक शिक्षक मेहर बाबा ने कहा कि "आत्मा, या आत्मा, वास्तव में परमात्मा के समान है - जो एक, अनंत और शाश्वत है ... [और] [टी] वह सृजन का एकमात्र उद्देश्य है आत्मा सचेत रूप से ओवरसॉल की अनंत अवस्था का आनंद लेने के लिए।"

1965 में पॉल ट्विचेल द्वारा स्थापित एकांकर, आत्मा को सच्चे स्व के रूप में परिभाषित करता है; प्रत्येक व्यक्ति का आंतरिक, सबसे पवित्र हिस्सा।

जी.आई. गुरजिएफ ने सिखाया कि मनुष्य अमर आत्माओं के साथ पैदा नहीं होते हैं लेकिन कुछ प्रयासों के माध्यम से उन्हें विकसित कर सकते हैं।

परामनोविज्ञान–कुछ परामनोवैज्ञानिकों ने वैज्ञानिक प्रयोग द्वारा यह स्थापित करने का प्रयास किया है कि क्या मस्तिष्क से अलग आत्मा मौजूद है, जैसा कि मानस या मन के पर्याय के बजाय धर्म में अधिक सामान्यतः परिभाषित किया गया है। मिलबोर्न क्रिस्टोफर (1979) और मैरी रोच (2010) ने तर्क दिया है कि परामनोवैज्ञानिकों द्वारा किया गया कोई भी प्रयास अभी तक सफल नहीं हुआ है।

आत्मा का भार– 1901 में डंकन मैकडॉगल ने एक प्रयोग किया जिसमें उन्होंने रोगियों की मृत्यु के बाद उनका वजन माप लिया। उन्होंने दावा किया कि मृत्यु के समय अलग-अलग मात्रा में वजन कम हुआ था; उन्होंने निष्कर्ष निकाला कि आत्मा का वजन 21 ग्राम था, जो एक रोगी के माप के आधार पर और परस्पर विरोधी परिणामों को खारिज करता है।

भौतिक विज्ञानी रॉबर्ट एल पार्क ने लिखा है कि मैकडॉगल के प्रयोगों को "आज कोई वैज्ञानिक गुण नहीं माना जाता है" और मनोवैज्ञानिक ब्रूस हुड ने लिखा है कि "चूंकि वजन घटाना विश्वसनीय या अनुकरणीय नहीं था, इसलिए उनके निष्कर्ष अवैज्ञानिक थे।

मन का तत्त्वज्ञान– मशीन तर्क में गिल्बर्ट रायल का भूत, जो डेसकार्टेस के मन-शरीर द्वैतवाद की अस्वीकृति है, आत्मा/मस्तिष्क की एक समकालीन समझ प्रदान कर सकता है, और मस्तिष्क/शरीर से इसके संबंध से संबंधित समस्या है।

मनोविज्ञान– जीवन और मृत्यु में आदिम, शास्त्रीय और आधुनिक रुचि के मनोविज्ञान में अमरता के महत्व को ठीक करने वाले ओटो रैंक के काम में आत्मा विश्वास प्रमुख रूप से शामिल है। रैंक का काम सीधे तौर पर "वैज्ञानिक" मनोविज्ञान का विरोध करता है जो आत्मा के अस्तित्व की संभावना को स्वीकार करता है और वास्तव में यह स्वीकार किए बिना कि यह अस्तित्व में है, इसे अनुसंधान की वस्तु के रूप में प्रस्तुत करता है। "जिस तरह धर्म मनुष्य के सामाजिक विकास पर एक मनोवैज्ञानिक टिप्पणी का प्रतिनिधित्व करता है, विभिन्न मनोविज्ञान आध्यात्मिक विश्वास के प्रति हमारे वर्तमान दृष्टिकोण का प्रतिनिधित्व करते हैं। जीववादी युग में, मनोविज्ञान आत्मा का निर्माण था, धार्मिक युग में, यह आत्मा का प्रतिनिधित्व था। स्वयं के लिए; हमारे प्राकृतिक विज्ञान के युग में यह व्यक्तिगत आत्मा को जानना है।" रैंक का "सीलेंगलाउब" का अनुवाद "आत्मा विश्वास" है। रैंक के काम का अर्नेस्ट बेकर की अमरता में सार्वभौमिक हित की समझ पर महत्वपूर्ण प्रभाव पड़ा। डेनिअल ऑफ़ डेथ में, बेकर "आत्मा" का वर्णन कीर्केगार्ड द्वारा "स्वयं" के उपयोग के संदर्भ में करते हैं, जब वे कहते हैं, "जिसे हम सिज़ोफ्रेनिया कहते हैं, वह परिमित शरीर की सीमाओं को नकारने के लिए प्रतीकात्मक स्वयं का एक प्रयास है।"

कीर्केगार्ड का "स्वयं" का उपयोग थोड़ा भ्रमित करने वाला हो सकता है। वह इसे शामिल करने के लिए उपयोग करता है

 प्रतीकात्मक आत्म और भौतिक शरीर। यह वास्तव में "कुल" का पर्याय है

 व्यक्तित्व" जो उस व्यक्ति से परे जाता है जिसमें वह शामिल है जिसे अब हम कहते हैं

"आत्मा" या "होने का आधार" जिससे सृजित व्यक्ति उत्पन्न हुआ।

Refrence - Britannica encyclopaedia , Holy Quran

आत्मा, पवित्र कुरआन में,

सूरा अल अनाम 6, आयत 60
तफ्सीर अहसनुल बयान

सलाहुद्दीन यूसुफ का जन्म 1945 में जयपुर, भारत में एक धार्मिक परिवार में हुआ था। 1949 में, भारत के विभाजन के बाद उनका परिवार पाकिस्तान के हैदराबाद चला गया और फिर कराची में स्थानांतरित हो गया।

80 के दशक में वे लाहौर चले गए और धरमपुरा में रहने लगे जहां एक प्रसिद्ध मस्जिद हाफ़िज़-सलाहुद्दीन-यूसुफ के नाम से पहचानी जाती है।

सलाहुद्दीन यूसुफ का 12 जुलाई 2020 को 75 वर्ष की आयु में पाकिस्तान के लाहौर में निधन हो गया।

वह लाहौर में दारुस्सलाम के अनुसंधान प्रभाग विभाग के प्रमुख थे।

और वह ऐसा है कि रात में तुम्हारी जान ले लेता है (1) और वह जानता है कि तुम दिन में क्या करते हो, फिर तुम्हें जगाता है (2) ताकि नियत अवधि पूरी हो जाए। 3) फिर तुम उसी के पास जाओ, तो वह तुम्हें बता देगा कि तुम क्या करते थे।

60.1 यहाँ नींद को मृत्यु के रूप में परिभाषित किया गया है, इसीलिए इसे मृत्यु कहा जाता है असग़र और मृत्यु को मृत्यु अकबर कहा जाता है (मृत्यु की व्याख्या के लिए देखें (अल इमरान की आयत 55 का फ़ुटनोट)

60.2 इसका अर्थ है दिन के दौरान आत्मा को वापस जीवन में लाना।

60.3 यानी असग़र की मौत के बाद दिन-रात और फिर उठ खड़े होने की आदत का ये सिलसिला इंसान अकबर की मौत तक जारी रहेगा।

61.4 यानी फिर क़यामत के दिन हर किसी को जिंदा होकर अल्लाह की बारगाह में पेश होना होगा।

तफ्सीर जलालैन

संक्षिप्त परिचय – तफसीरे जलालेन या "तफ़सीर अल-जलालैन" कुरआन की टीका-व्याख्या (तफ़सीर) की अरबी भाषा में पुस्तक है, एक बहुत ही छोटी टिप्पणी है, जिसे दो प्रसिद्ध टीकाकारों, इमाम जलालुद्दीन महली (791 हिजरी - 864 हिजरी) और जलालुद्दीन सुयुति (849 हिजरी - 911 हिजरी) ने लिखा था।
तफ़सीर जलालिन लगभग पाँच शताब्दियों से लोकप्रिय है। इमाम जलालुद्दीन सुयुती की उत्कृष्ट कृतियों में तफ़सीर जलालिन का एक प्रमुख और विशेष महत्व है। यह भाष्य अपनी संक्षिप्तता और व्यापकता, सुदृढ़ता, अर्थ और व्याख्या के कारण विद्वानों और छात्रों के ध्यान का केंद्र रहा है। विषयों के सन्दर्भ में विद्वानों और ज्ञानियों का विशेष आदर होता है और बहुधा इसका अध्ययन किया जाता है।

यह कुरआन की अन्य व्याख्याओं की तुलना में कुरआन की संक्षिप्त टिप्पणी और संक्षिप्त अनुवाद भी है।

कुरान की एक शास्त्रीय सुन्नी व्याख्या (तफ़सीर) है, जिसकी रचना सबसे पहले 1459 में जलाल अद-दीन अल-माहल्ली ने की थी और फिर उनकी मृत्यु के बाद पूरी हुई। 1505 में जलाल एड-दीन अस-सुयुती द्वारा, इस प्रकार इसका नाम, जिसका अर्थ है "दो जलालों की तफ़सीर"। इसे आज कुरान की सबसे लोकप्रिय व्याख्याओं में से एक माना जाता है, इसकी सरल शैली और इसकी संक्षिप्तता के कारण - यह लंबाई में केवल एक खंड है।

वही है जो तुम्हें रात को ले जाता है, और सोते समय तुम्हारे प्राणों को वश में कर लेता है, और वही जानता है कि तुम क्या करते हो, और दिन में क्या कमाते हो। फिर वह तुम्हें वहां, अर्थात् दिन के समय, तुम्हारी आत्मा को ज्यों का त्यों करके ऊपर उठाता है, ताकि एक नियत अवधि अर्थात् जीवन की अवधि पूरी हो सके; और उसके बाद पुनरुत्थान के माध्यम से उसी की ओर तुम्हारी वापसी होगी। फिर वह तुम्हें बता देगा कि तुम क्या करते थे, और तुम्हें उसका बदला देगा।

तफ्सीर अस सादी

शेख अब्द अल-रहमान इब्न नासिर अल-सिदी (अल-रहमान इब्न नासिर अल-सादी), जिसे अल-सिदी (1889-1957) के नाम से भी जाना जाता है, सऊदी अरब के एक इस्लामी विद्वान थे। वह सऊदी अरब के उनैज़ा में एक शिक्षक और लेखक थे। उन्होंने तफ़सीर, फ़िक़्ह और 'अकीदा' सहित कई अलग-अलग क्षेत्रों में 40 से अधिक किताबें लिखीं। अल-सादी तफ़सीर के क्षेत्र में एक प्रभावशाली व्यक्ति थे और उनकी तफ़सीर की किताब जिसका शीर्षक तैसीर अल-करीम अल-रहमान है, को यकीनन आधुनिक सलाफ़ी विद्वानों द्वारा लिखी गई सबसे लोकप्रिय तफ़सीरों में से एक के रूप में वर्णित किया गया है। उन्होंने सबसे बड़ी जामी मस्जिद के

इमाम और खतीब के रूप में कार्य किया और उनायज़ा के धार्मिक प्रशिक्षण स्कूल, अल-महाद अल-इल्मी के निदेशक के रूप में कार्य किया।

अल-सादी का जन्म 7 सितंबर 1889 को सऊदी अरब के उनायज़ा, अल-कासिम शहर में हुआ था। उनके पिता, नासिर अल-सादी, उनायज़ा में एक मस्जिद में इमाम और उपदेशक थे। जब वह चार साल के थे, तब उनकी मां फातिमा बिन्त अब्दुल्ला अल-उथैमीन की मृत्यु हो गई, और जब वह सात वर्ष के थे, तब उनके पिता की मृत्यु हो गई। शुरुआत में उनकी देखभाल उनके पिता की दूसरी पत्नी ने की थी और बाद में उन्हें उनके सबसे बड़े भाई, हमद इब्न नासिर अल-सादी की संरक्षकता में स्थानांतरित कर दिया गया था। उन्होंने ग्यारह साल की उम्र में कुरान को याद करना पूरा कर लिया और फिर अपने इलाके के विद्वानों से धार्मिक शिक्षा प्राप्त की। उनकी किशोरावस्था में, उनके साथी छात्र अपनी पढ़ाई में मदद के लिए उनके पास जाने लगे।

1950/1371AH में, अल-सादी रक्तचाप और एथेरोस्क्लेरोसिस से संबंधित स्वास्थ्य समस्याओं से पीड़ित होने लगे। उनकी स्वास्थ्य समस्याओं के बारे में सुनकर, राजा सऊद ने शेख अल-सादी की देखभाल के लिए अपने निजी जेट से दो डॉक्टरों को भेजा। डॉक्टरों ने उन्हें लेबनान में आगे का इलाज कराने की सलाह दी, जहां वे 1953/1373एएच में एक महीने के प्रवास के लिए उनके साथ गए थे। इस दौरान वह ठीक हो गए लेकिन उन्हें कम मेहनत वाली जीवनशैली अपनाने की सलाह दी गई। उनायज़ा लौटने के बाद, उन्होंने एक इमाम, शिक्षक, खतीब और लेखक के रूप में अपना नियमित काम फिर से शुरू किया। 1957/1376 एएच में इन्हीं स्वास्थ्य समस्याओं के कारण अल-सादी की मृत्यु हो गई।

इस आयत में एकेश्वरवाद के सभी अहसास, बहुदेववादियों के खिलाफ तर्क और यह कथन शामिल है कि केवल अल्लाह ही प्यार, श्रद्धा, महिमा और सम्मान का हकदार है। वह सेवकों को उनकी नींद और जागने में हेरफेर करता है, वह उन्हें रात में मौत देता है, यानी नींद की मौत, उनकी हरकतें शांत हो जाती हैं और उनके शरीर आराम कर लेते हैं, नींद से जागने के बाद वह उन्हें फिर से जीवित कर देता है। वह ऐसा इसलिए करता है ताकि वे अपने धार्मिक और सांसारिक हितों का निपटान कर सकें, और अल्लाह जानता है कि वे क्या करते हैं और क्या कमाते हैं। अल्लाह तआला उन्हें इस तरह निपटाते रहते हैं कि वे अपनी नियत अवधि पूरी कर लें। इस योजना के माध्यम से वह उनकी निश्चित अवधि, यानी जीवन की अवधि तय करता है और उसके बाद एक और अवधि होती है और वह है मृत्यु के बाद पुनरुत्थान।

अतः अल्लाह तआला ने कहा: "फिर उसी की ओर तुम्हारी वापसी है।" उसके अलावा किसी की ओर वापसी नहीं। (ثُمَّ يُنَبِّئُكُم بِمَا كُنتُمْ تَعْمَلُونَ)" फिर वह तुम्हें तुम्हारे कर्मों की सूचना देगा जो तुम करते हो।" जो भी अच्छे और बुरे कर्म तुम कर रहे हो, अल्लाह तुम्हें उसकी सूचना देगा।

तफ्सीर इब्ने कसीर

तफ़सीर अल-कुरान अल-आज़िम, जिसे तफ़सीर इब्न कथिर के नाम से बेहतर जाना जाता है, इब्न कथिर (मृत्यु 774 एएच) की तफ़सीर है। यह कुरान की व्याख्या के विज्ञान से संबंधित सबसे प्रसिद्ध इस्लामी पुस्तकों में से एक है। इसमें न्यायशास्त्र संबंधी फैसले भी शामिल हैं, और हदीसों का ख्याल रखता है और यह इस्राइलियत से लगभग रहित होने के लिए प्रसिद्ध है। यह सलाफिस्ट मुसलमानों द्वारा सबसे ज्यादा फॉलो की जाने वाली तफ़सीर है.

इब्न कथिर ने टिप्पणी में अपनी शुरुआत की तारीख निर्दिष्ट नहीं की, न ही इसके पूरा होने की तारीख, लेकिन कुछ लोगों ने कई सबूतों के आधार पर उस युग का अनुमान लगाया जिसमें उन्होंने इसकी रचना की; जिसका कि यह कि उन्होंने अपने शेख अल-माज़ी (मृत्यु 742 एएच) के जीवन की आधे से अधिक व्याख्याओं की रचना की, इस तथ्य के आधार पर कि उन्होंने सूरत अल-अंबिया की व्याख्या करते समय अपने शेख अल-माज़ी का उल्लेख किया और उनके लंबे जीवन के लिए प्रार्थना की। .

अब्दुल्ला अल-ज़ायलाई (मृत्यु 762 हिजरी) ने उन्हें अपनी पुस्तक तख़रीज अहादीस अल-कशश़फ़ में उद्धृत किया है, जो इंगित करता है कि यह वर्ष 762 हिजरी से पहले फैला हुआ था।

यह संभव है कि उन्होंने अपनी व्याख्या शुक्रवार, 10 जुमादा अल-थानी 759 एएच को समाप्त की, जब यह मक्का संस्करण में आई, जिसे सबसे पुरानी प्रति माना जाता है।
अल-सुयुती ने कहा: "उसकी (यानी इब्न कथीर) की एक व्याख्या है जो उसकी शैली के अनुसार नहीं बनाई गई थी।"
 मुहम्मद बिन अली अल-शकानी ने कहा:
"उनके पास प्रसिद्ध व्याख्या है, और यह मात्राओं में है, एक

मरने से पहले और मरने के बाद नौकर अल्लाह के हाथ में हैं
अल्लाह कहता है कि वह अपने बंदों को रात की नींद में मौत दे देता है, क्योंकि नींद छोटी मौत है। अल्लाह ने एक अन्य आयत में कहा,
अल्लाह ने यीशु से कहा, मैं तुम्हारा मृतक हूं और तुम्हें उसके पास उठाऊंगा।
और (याद करो) जब अल्लाह ने कहा: "हे ईसा! मैं तुम्हें ले जाऊंगा और तुम्हें अपने पास उठा लूंगा..." (3:55)

और,अल्लाह उसकी मृत्यु के समय आत्मा को और जो उसकी नींद में नहीं मरा होगा उसे भी नष्ट कर देगा, इसलिए वह उस व्यक्ति को पकड़ लेगा जिस पर मृत्यु का आदेश दिया गया है और अगले को أَجَلٍ مُّسَمًّى पर भेज देगा
वह अल्लाह ही है जो आत्माओं को उनकी मृत्यु के समय उठा लेता है, और जो लोग नींद में नहीं मरते, उन्हें उठा लेता है। वह उन (आत्माओं) को रखता है जिनके लिए उसने मृत्यु निर्धारित की है और बाकी को नियत अवधि के लिए भेज देता है। (39:42)

इस प्रकार छोटी और बड़ी दोनों मौतों का उल्लेख है।
अल्लाह कहता है,
और वह वही है जो रात में तुम्हें देखता है और जानता है कि दिन में तुम्हें क्या चोट पहुँचती है।
वही तो है, जो रात को (जब तुम सोते हो) तुम्हारे प्राण ले लेता है, और जो कुछ तुम ने दिन में किया है, वह सब जानता है।

अर्थात्, वह जानता है कि तुम दिन भर में क्या-क्या कर्म करते हो।

यह आयत दिन और रात और उनकी हरकतों और आलस्य में अल्लाह के अपनी रचना के संपूर्ण ज्ञान को प्रदर्शित करती है।
अल्लाह ने एक अन्य आयत में कहा,
परन्तु तुम में से जो वचन को पकड़ते और उसे प्रगट करते हैं, और जो रात को और दिन को छिपे रहते हैं।

(उसके लिए) एक ही बात है चाहे तुम में से कोई अपनी बात छिपाए या खुल कर बताए, चाहे रात को छिपे, चाहे दिन को खुले आम निकले। (13:10)

और उसने अपनी दयालुता से तुम्हारे लिए रात और दिन बनाये, ताकि तुम उसमें रहो।
 और वे उसकी कृपा से मोहित हो जाएं
यह उसकी दया से है कि उसने रात और दिन बनाये, ताकि तुम उसमें (रात में) विश्राम कर सको, और (दिन में) उसकी कृपा की तलाश कर सको। 28:73)
अल्लाह ने कहा,
और हमने रात को एक परिधान बना लिया

और हमने सूरज को जीवित कर दिया
और (हमने) रात को परदा बना लिया है। और (हमने) रोजी-रोटी का दिन बना लिया है। (78:10-11)

अल्लाह ने यहाँ कहा,
और वह वही है जो रात में तुम्हें देखता है और जानता है कि दिन में तुम्हें क्या चोट पहुँचती है।

वही तो है जो रात को (जब तुम सोते हो) तुम्हारे प्राण ले लेता है, और जो कुछ तुम ने दिन में किया है उसे वह जानता है, (6:60)
तब कही,
फिर वह तुम्हें उसके पास भेजता है
फिर वह तुम्हें फिर से उठाता (जगाता) है,
मुजाहिद, कतादाह और अस-सुद्दी के अनुसार,
दिन होने तक।

अल्लाह का बयान,
नियत समय की खातिर
कि नियुक्त की गई अवधि पूरी की जाए।

प्रत्येक व्यक्ति के जीवन काल को दर्शाता है,
 फिर तुम उसी की ओर लौटोगे
तब (अंत में), उसी की ओर तुम्हारी वापसी होगी।
पुनरुत्थान के दिन.
तब वह तुम से भविष्यद्वाणी करेगा, कि तुम क्या करोगे।
फिर वह तुम्हें बता देगा कि तुम क्या करते थे।
वह तुम्हें भलाई का बदला भलाई और बुराई का बदला बुराई देगा।

तफ्सीर उर रहमान, बयआनउल कुरआन

बयान उल कुरान ,भारतीय इस्लामी विद्वान अशरफ अली थानवी (मृत्यु 1943) द्वारा लिखित कुरान की तीन खंडों वाली तफ़सीर (व्याख्या) है। मूल रूप से उर्दू में लिखी गई यह इसके लेखक की सबसे प्रमुख कृति है। कहा जाता है कि तफ़सीर विशेष रूप से विद्वानों के लिए है।
थानवी हनफ़ी विचारधारा के कट्टर अनुयायी थे, जो उनकी तफ़सीर में स्पष्ट रूप से झलकता है। रिहाना सिद्दीकी के अनुसार: "मौलाना थानवी हनफी विचारधारा के अनुयायी थे। वह विचारधारा के स्कूल की रचना को अनिवार्य मानते हैं, इसलिए हम उन्हें उन लोगों के लिए आलोचनात्मक पाते हैं जो कुरान की आयतों की गलत व्याख्या करके इस विचारधारा को अनुचित ठहराने की कोशिश करते हैं।"
हालाँकि, थानवी एक हनफ़ी न्यायशास्त्र के विद्वान थे, लेकिन उनका रुझान आध्यात्मिक भी था। यही कारण है कि कुरान की आयतों से कानूनी निषेधाज्ञा निकालते समय; उन्होंने कुरान से रहस्यमय आयाम भी निकाले थे। यह कुरान की

पहली उर्दू व्याख्या है जिसमें कुरान की आयतों से रहस्यमय आयाम निकाले गए हैं। कटौती के पीछे मुख्य उद्देश्य तसव्वुफ़ के संबंध में भ्रम को दूर करना था।

थानवी के अनुसार कुरान की इस व्याख्या में निम्नलिखित बीस आवश्यक उपायों को ध्यान में रखा गया है।
इस व्याख्या को संकलित करते समय, तफ़सीर अल-बयदावी, तफ़सीर अल-जलालीन, तफ़सीर-ए-रे

और वही है जो तुम्हें रात में सुलाता है [58] और दिन में तुम जो कुछ करते हो, उसकी खबर रखता है, फिर दिन में तुम्हें उठाता है, ताकि जीवन की नियत अवधि पूरी हो जाए, फिर तुम्हें लौटना है वह, फिर वह तुम्हें सूचित करेगा कि तुमने क्या किया है

[58] नींद की व्याख्या मृत्यु के रूप में की गई है, क्योंकि इंद्रिय और शक्ति दोनों प्रतिष्ठित हैं, और मृत्यु के संबंध में जागृति की व्याख्या स्नान के रूप में की गई है। मनुष्य को नींद की आवश्यकता होती है, तभी वह जागता है। जैसे-जैसे उसके जीवन के दिन बीतते हैं, जब तक उसके सांसारिक जीवन की आयु पूरी न हो जाए और मृत्यु उसके निकट न आ जाए। जो होगा वह बदला जाएगा,

सूरह अस सजदा **32**, आयत **9**
तफ्सीर अहसनुल बयान
(1) उसने तुम्हारे कान, आंखें और दिल बनाए (2) (उस पर भी) तुम बहुत कम एहसान करते हो (2)।
9.1 अर्थात वे मां के गर्भ में बच्चे को बड़ा करते हैं, उसके अंग बनाते हैं, उसे सजाते हैं और फिर उसमें सांस लेते हैं।
9.2 अर्थात, उसने अपनी रचना को पूरा करने के लिए सभी चीजों की रचना की, ताकि आप जो सुन सकें उसे सुन सकें, जो देख सकें उसे देख सकें, और हर बुद्धि और समझ में जो आता है उसे समझ सकें।
9.3 अर्थात इतने उपकारों के बावजूद भी मनुष्य इतना कृतघ्न है कि अल्लाह का बहुत ही कम धन्यवाद करता है अथवा धन्यवाद देने वाले बहुत ही कम लोग हैं।

तफ्सीर जलालैन

फिर उसने उसे अनुपात दिया, अर्थात्, उसने आदम को बनाया, और उसमें अपनी आत्मा फूंक दी, दूसरे शब्दों में, उसने उसे एक निर्जीव वस्तु होने के बाद एक जीवित संवेदी प्राणी बना दिया। और उस ने तुम्हारे लिये, दूसरे शब्दों में, अपने वंश के लिये श्रवण, अर्थ, कान, दृष्टि और हृदय बनाए। आप थोड़ा धन्यवाद देते हैं (यहां अतिरिक्त है, [धन्यवाद के] 'छोटेपन' पर जोर देते हुए)।

तफ्सीर अस सादी

फिर उसने उसके मांस, उसके अंगों, उसकी नसों और उसकी धमनी प्रणाली को सही ढंग से बनाया, उसे सर्वोत्तम रचना और संरचना से ऊंचा किया, और उसके प्रत्येक अंग को ऐसी स्थिति में रखा कि सिवाय इसके कि कोई नहीं अन्य जगह इसके योग्य थी. (وَنَفَخَ فِيهِ مِنْرُوءِ) "और उसने अपने आप से उसमें सांस फूंक दी।" यानी, अल्लाह तआला उसके पास एक फरिश्ता भेजता है जो उसमें सांस डालता है, फिर वह निर्जीव वस्तुओं के रूप से बाहर आ जाता है और बिना जीवन के इंसान बन जाता है। .) और उसने आपको धीरे-धीरे सभी लाभ दिए जब तक कि उसने आपको सुनने और देखने की पूरी क्षमता का आशीर्वाद नहीं दिया। जिसने आपको बनाया और आपको आकार दिया।

तफ्सीर अबुल आला मौदूदी-

तफ़हीम-उल-क़ुरान, शाब्दिक रूप से 'क़ुरान को समझने की दिशा में') पाकिस्तानी इस्लामवादी विचारक और कार्यकर्ता द्वारा क़ुरान का 6-खंड अनुवाद और टिप्पणी है। सैयद अबुल अला मौदुदी। मौदुदी ने 1942 में किताब लिखना शुरू किया और 1972 में इसे पूरा किया।

फिर उस ने उसे एक बारीक सूई से सुधारा [15] और उस में अपना आत्मा फूंका [16] और तुम्हें कान, आंखें और एक हृदय दिया [17]। आप लोग शायद ही कभी आभारी हों. [18]

15– अर्थात् उसे अति सूक्ष्मतम अस्तित्व से पूर्ण मानव स्वरूप तक विस्तारित करके उसके शरीर को उसके सभी अंगों एवं अवयवों सहित पूर्ण करना।

16– आत्मा का अर्थ केवल वह जीवन नहीं है जिसके द्वारा जीवित शरीर की मशीनरी चलती है, बल्कि इसका अर्थ वह विशेष सार है जिसमें विचार और चेतना और बुद्धि और निर्णय और अधिकार होता है, जिसके कारण सभी मनुष्य अन्य

स्थलीय प्राणियों से अलग होते हैं, व्यक्ति एक व्यक्ति बन जाता है, एक अहंकार वाला व्यक्ति और एक खिलाफत वाला व्यक्ति। सर्वशक्तिमान अल्लाह ने इस आत्मा को अपनी आत्मा कहा है या तो इस अर्थ में कि यह उसकी संपत्ति है और इसका श्रेय उसके पवित्र आत्मा को दिया जाता है, उसी तरह जैसे कोई चीज़ उसके मालिक को सौंपी जाती है और उसे उसकी चीज़ कहा जाता है। या इसका मतलब यह है कि ज्ञान, विचार, चेतना, इच्छा, निर्णय, अधिकार और अन्य ऐसे गुण जो मनुष्य में पैदा हुए हैं, वे सभी अल्लाह ताला के गुणों पर हैं। उनका स्रोत पदार्थ की संरचना नहीं बल्कि अल्लाह का सार है। अल्लाह के ज्ञान से उसे ज्ञान मिला, अल्लाह की बुद्धि से उसे बुद्धि मिली, अल्लाह के अधिकार से उसे अधिकार मिला। ये गुण मनुष्य में किसी अज्ञानी, अज्ञानी एवं शक्तिहीन स्रोत से नहीं आये। (अधिक स्पष्टीकरण के लिए, तहेह अल-कुरान, खंड II, पृष्ठ 504, 505 देखें)।

17 - यह एक सूक्ष्म कथन है। आत्मा की साँस लेने से पहले, मनुष्य का सारा उल्लेख अनुपस्थिति के रूप में किया गया था। |"उसे बनाया|", |"उसे जन्म दिया|",|"उसे नखों से ठीक किया|", |"उसमें सांस ली|"। अतः उस समय तक वह इस उपाधि के योग्य नहीं थे। फिर जब प्राण निकल गये, तो अब उस से कहा जाता है, कान दे, आंख दे, हृदय दे। क्योंकि आत्मा बनने के बाद ही उसे संबोधित किया जा सका।

कान और आँखें उन साधनों को संदर्भित करते हैं जिनके द्वारा मनुष्य ज्ञान प्राप्त करता है। यद्यपि ज्ञान प्राप्त करने के साधन स्वाद और स्पर्श और दृष्टि हैं, श्रवण और दृष्टि अन्य सभी इंद्रियों से अधिक महान और महत्वपूर्ण हैं, इसलिए कुरान इन दोनों को ईश्वर के प्रमुख उपहारों के रूप में रखता है। इसके बाद |"दिल |" यह मन को संदर्भित करता है जो इंद्रियों से प्राप्त जानकारी को संकलित करता है और उनसे निष्कर्ष निकालता है और कार्रवाई के विभिन्न संभावित तरीकों में से एक का चयन करता है और उसका पालन करने का निर्णय लेता है।

18– अर्थात्, इतने उच्च गुणों वाली यह महान मानव आत्मा आपको इसलिए नहीं दी गई है कि आप दुनिया में जानवरों की तरह रहें और अपने लिए जीवन का वही नक्शा बनाएं जो एक जानवर बना सकता है। ये आंखें तुम्हें स्पष्ट देखने के लिए दी गई हैं, न कि अंधे बने रहने के लिए। ये कान तुम्हें स्पष्ट सुनने के लिए दिये गये हैं, बहरे न रहने के लिये। ये हृदय तुम्हें इसलिए दिये गये हैं कि तुम सत्य को समझो

और विचार तथा कार्य का सही तरीका अपनाओ, इसलिए नहीं कि तुम अपनी सारी योग्यताएँ केवल अपनी पशुता के पोषण के लिए संसाधन उपलब्ध कराने में खर्च कर दो, और यदि तुम उससे ऊपर उठ जाओ, आप अपने निर्माता बन जायेंगे। विद्रोह के दर्शन और कार्यक्रम। ईश्वर से इन अनमोल आशीर्वादों को प्राप्त करने के बाद, जब आप पाखंड या बहुदेववाद में संलग्न हो जाते हैं, जब आप स्वयं ईश्वर या अन्य देवताओं के सेवक बन जाते हैं, जब आप इच्छाओं के गुलाम बन जाते हैं और शरीर और आत्मा के सुखों में डूब जाते हैं, तो यह ऐसा है मानो आपका आप भगवान से कहते हैं कि हम इन आशीर्वादों के योग्य नहीं थे, आपको हमें बंदर, या भेड़िया, या मगरमच्छ या कौआ बनाना चाहिए था।

तफ्सीर इब्ने कसीर
फिर उसे बचा लो
फिर उसने उसे उचित अनुपात में बनाया,
अर्थात्, जब उस ने आदम को मिट्टी से उत्पन्न किया, तो उसे उत्पन्न किया, और उसे आकार दिया, और सीधा खड़ा किया।
 और उस ने उस में अपनी आत्मा फूंकी, और तुम्हें सुना, और देखा, और सहायता दी।
और उसमें प्राण फूंक दिए; और उसने तुम्हें सुनने, देखने और समझने की शक्ति दी।
मतलब, कारण.
आप थोड़ा धन्यवाद दें
 आप जितना धन्यवाद दें वह कम है!
इसका मतलब है, इन शक्तियों के लिए जो अल्लाह ने तुम्हें प्रदान की हैं; जो वास्तव में धन्य है वह वह है जो अपने भगवान की पूजा और आज्ञापालन के लिए उनका उपयोग करता है, वह ऊंचा और महिमामंडित हो सकता है

सूरह अज-जुमर **39**, आयत **42**
तफ्सीर जलालैन
अल्लाह आत्माओं को उनकी मृत्यु के समय लेते हैं, और, वह उन लोगों को लेते हैं जो नींद में नहीं मरे हैं, दूसरे शब्दों में, वह उन्हें नींद के दौरान लेते हैं। फिर वह उन लोगों को रखता है जिनके लिए उसने मृत्यु निर्धारित की है और दूसरों को एक नियत अवधि तक, यानी उनकी मृत्यु के समय तक रिहा कर देता है। जो मुक्त हो

जाता है वह विवेक की आत्मा [जिसके पास क्षमता है] है, जिसके बिना जीवन की आत्मा [शक्ति युक्त] [अस्थायी रूप से] रहने में सक्षम है - लेकिन यह दूसरा तरीका नहीं हो सकता है। वास्तव में उसमें, उल्लेखित, संकेत, संकेत हैं, उन लोगों के लिए जो प्रतिबिंबित करते हैं, और फिर महसूस करते हैं कि जिसके पास ऐसा करने की शक्ति है, उसके पास पुनर्जीवित करने की शक्ति भी है - कुरैश ने, हालांकि, इस [तथ्य] पर कभी विचार नहीं किया।

तफ्सीर अस सादी

अल्लाह ने सूचित किया है कि वह अकेले ही अपने सेवकों को उनकी नींद और जागते हुए, उनके जीवन और मृत्यु में निपटाता है, इस प्रकार उन्होंने कहा: "जब लोग मरते हैं तो अल्लाह उनकी आत्माओं को अपने कब्जे में ले लेता है।" "यह मृत्यु महान है, मृत्यु। अल्लाह तआला का अपने मरने की खबर देना और कार्रवाई को अपने ऊपर जोड़ना इस तथ्य के विपरीत नहीं है कि उसने इस कार्य के लिए एक फ़रिश्ते और अपने कुछ मददगारों को नियुक्त किया है। जैसा कि उन्होंने कहा:) कहो: मौत का फ़रिश्ता तुम्हें वह मौत देता है जो तुम्हारे लिए तय की गई है। आओ (अहदाकुम अल-मौत तुवाफत रुसुलना वा हम ला युफरितून) (अल-अनआम: 6:61) "यहां तक कि जब तुममें से किसी की मृत्यु का समय आता है, हमारे द्वारा भेजे गए फ़रिश्ते उसकी आत्मा को अपने कब्ज़े में ले लेते हैं और वे असफल नहीं होते हैं।" अल्लाह सर्वशक्तिमान ने कहा। सभी मामलों का श्रेय इस आधार पर दिया जाता है कि वह रचनात्मक और योजना बनाने वाला है और इन मामलों को उनके कारणों में इस आधार पर जोड़ता है कि उसके पास सुन्नत और बुद्धि है कि उसने हर कार्य के लिए एक कारण निर्धारित किया है।

(وَالَّتِي لَمْ تَمُتْ فِي مَنَامِهَا) और उस आत्मा को भी (अस्थायी मौत देता है) जो नींद में नहीं मरती।" और यह मौत मामूली है, यानी यह उस आत्मा को रोकती है जो नींद के दौरान वास्तविक मौत के करीब नहीं होती। फिर वह उस आत्मा को इन दो आत्माओं में से रोकता है। लेकिन मृत्यु आती है। और वह दूसरी आत्मा को एक निर्दिष्ट समय के लिए छोड़ देता है, यानी उसके भरण-पोषण और उसके कार्यकाल के पूरा होने तक। ऐसे संकेत हैं जो प्रतिबिंबित करते हैं (उनकी संपूर्ण संप्रभुता, मृत्यु के बाद पुनर्जीवित होने की उनकी शक्ति पर)। "

यह श्लोक बताता है कि आत्मा और आत्मा एक शरीर हैं और आत्मा का अस्तित्व है। इसका सार शरीर के सार से भिन्न है। यह भी एक रचना है, यह अल्लाह तआला के अधीन है, मौत देने, रोकने और छोड़ने में इस पर अल्लाह तआला का

नियंत्रण है। जीवित और मृत लोगों की आत्माएं बरज़ख की दुनिया में एक-दूसरे से मिलती हैं, वे एक साथ आती हैं और एक-दूसरे से बात करती हैं, इसलिए अल्लाह जीवितों की आत्माओं को छोड़ देता है और मृतकों की आत्माओं को रोक लेता है।

तफ्सीर अहसनुल बयान

यह अल्लाह ही है जो आत्माओं को उनकी मृत्यु के समय (1) और जो लोग नहीं मरे हैं उन्हें नींद के समय पकड़ लेता है (2), फिर वह उन लोगों को रोकता है जिन्हें मरने का आदेश दिया गया है (3) और दूसरा। नियत समय के लिए (आत्माओं को) छोड़ देता है (4) वास्तव में इसमें ध्यान करने वालों के लिए बहुत सी निशानियाँ हैं (5)।

42.1 यह मृत्यु महान है, आत्मा पकड़ ली जाती है, लौटकर नहीं आती।

42.2 अर्थात जिनकी मृत्यु का समय अभी नहीं आया हो तो सोते समय उनकी आत्मा भी पकड़ ली जाती है और वे मामूली मृत्यु से दो-चार हो जाते हैं।

42.3 यह महामृत्यु है जिसके बारे में अभी बताया गया है कि इसमें आत्मा रुक जाती है।

42.4 अर्थात जब तक उनका समय नहीं आता, तब तक आत्माएं लौटती रहती हैं। यह छोटी मौत है। यह लेख सूरह अल-अनआम में वर्णित है, लेकिन वहां छोटी मौत का ज़िक्र पहले और बड़ी मौत का बाद में किया गया है। जबकि यहां इसका उलट है.

42.5 यानी रूह को पकड़ना और भेजना, इसमें यह तर्क है कि अल्लाह सर्वशक्तिमान हर चीज़ में सक्षम है और पुनरुत्थान के दिन वह मृतकों को अवश्य जीवित करेगा।

तफ्सीर अबुल आला मौदूदी-

वह अल्लाह ही है जो मृत्यु के समय आत्माओं को पकड़ लेता है, और वह उन लोगों की आत्माओं को भी पकड़ लेता है जो अभी नींद में मरे नहीं हैं, [60] फिर जिस पर वह मौत की सजा लागू करता है, वह उसे रोकता है, और दूसरों की आत्माओं को भी रोकता है। एक हैं। एक निर्दिष्ट समय के लिए वापस भेजता है। इसमें उन लोगों के लिए बड़ी निशानियाँ हैं जो विचार करते हैं। [61]

60–नींद की अवस्था में आत्मा की जब्ती का तात्पर्य भावना और चेतना, समझ और धारणा और इच्छा की शक्तियों के निलंबन से है। यह एक ऐसी स्थिति है जिस

पर उर्दू भाषा की यह कहावत वास्तव में चरितार्थ होती है कि नींद और नींद एक समान हैं।

61–इस कथन से अल्लाह हर इंसान को यह अहसास कराना चाहता है कि जिंदगी और मौत किस तरह उसके हाथ में है। इस बात की गारंटी कोई नहीं दे सकता कि जब वह रात को सोएगा तो सुबह जिंदा उठेगा। कोई नहीं जानता कि एक घंटे में उस पर कौन सी विपत्ति आ जाए और अगले ही पल जीवन या मृत्यु का क्षण आ जाए। किसी भी समय, सोते-जागते, घर में बैठे-बैठे या कहीं चलते-फिरते मनुष्य के शरीर का कोई आंतरिक विकार या बाहर से आई कोई अज्ञात विपत्ति अचानक ऐसा रूप धारण कर सकती है जो उसके लिए मृत्यु का संकेत साबित होगी। इस प्रकार जो मनुष्य ईश्वर के हाथों असहाय है, वह कितना अज्ञानी है अथवा इस ईश्वर से विमुख है।

तफ्सीर इब्ने कसीर
अल्लाह प्राण को उसकी मृत्यु के समय, और जो नींद में न मरा हो, उसे भी पार कर देगा, फिर जिस पर मृत्यु बीत गई हो, उसे पकड़ लेगा और दूसरे को أَجَلٍ مُسَمًّى पर भेज देगा

वह अल्लाह ही है जो आत्माओं को उनकी मृत्यु के समय उठा लेता है, और जो लोग नींद में नहीं मरते, उन्हें उठा लेता है। वह उन (आत्माओं) को रखता है जिनके लिए उसने मृत्यु निर्धारित की है और बाकी को नियत अवधि के लिए भेज देता है।
यह इंगित करता है कि वे (आत्माएं) उच्च क्षेत्र में मिलते हैं, जैसा कि पैगंबर से संबंधित हदीस में कहा गया था जिसे इब्न मंदाह और अन्य लोगों ने सुनाया था।
अल-बुखारी और मुस्लिम के दो सहीह में, यह बताया गया है कि अबू हुरैरा, अल्लाह उससे प्रसन्न हो सकता है, ने कहा कि अल्लाह के दूत ने कहा:

यदि मैं तुम में से किसी को उसके बिस्तर पर ले आऊं, तो उसे क्रोध में सांस लेने दो, क्योंकि वह नहीं जानता कि उसमें क्या बचा है, तो वह कहेगा
अपने रब के नाम पर, मैंने अपना पक्ष तुम्हारे साथ रखा और उठाया।
जब तुम में से कोई सोने जाए, तो अपने वस्त्र सहित बिछौने को झाड़ दे, क्योंकि जब से वह बिछौना छोड़े, तब से वह नहीं जानता, कि उसके बिछौने पर क्या आ गया है। तो फिर उसे कहने दो,

"तुम्हारे नाम पर, हे प्रभु, मैं अपना पक्ष रखता हूं और तुम्हारे नाम पर मैं इसे ऊपर उठाता हूं; यदि तुम मेरी आत्मा लेते हो, तो उस पर दया करो, और यदि तुम इसे वापस भेजते हो, तो इसकी रक्षा उसी से करो जो तुम अपने धर्मी सेवकों की रक्षा करते हो ..."

उसने उसे समझ लिया जिसे मौत की सजा दी गई थी।
 (वह उन (आत्माओं) को रखता है जिनके लिए उसने मृत्यु निर्धारित की है),
इसका मतलब है, जो लोग मर गए हैं, और वह दूसरों को एक नियत अवधि के लिए वापस लौटा देता है।
अस-सुद्दी ने कहा,
उनके शेष जीवन के लिए।"
इब्न अब्बास, अल्लाह उससे प्रसन्न हो सकता है, ने कहा,
"वह मृतकों की आत्माओं को रखता है और जीवितों की आत्माओं को वापस भेजता है, और वह कोई गलती नहीं करता है।"

दरअसल, निम्नलिखित में लोगों के लिए सोचने लायक बातें हैं।
 निस्संदेह, इसमें उन लोगों के लिए निशानियाँ हैं जो गहराई से सोचते हैं।

तफ्सीर उर रहमान, बयआनउल कुरआन
अल्लाह आत्माओं को उनकी मृत्यु के समय पूरी तरह से ले लेता है [27] और जो लोग नहीं मरे हैं, उन्हें वह नींद की अवस्था में ले जाता है, फिर जिन्हें वह मरने का फैसला करता है उन्हें और बाकी आत्माओं को रोक देता है। उन्हें नियत समय के लिए छोड़ देता है, वास्तव में इसमें उन लोगों के लिए निशानियाँ हैं जो सोच-विचार करते हैं
[27] इस आयत में, अल्लाह सर्वशक्तिमान ने अपने सेवकों को खबर दी है कि वह पूरे ब्रह्मांड को अपनी इच्छा के अनुसार व्यवस्थित करता है, वह मनुष्यों की आत्माओं को उनके शरीर से स्वर्गदूतों के माध्यम से लेता है, जिसके बाद वह पुनर्जीवित हो जाएगा। वे मर जाते हैं थोड़ी देर के बाद वह लोगों को नींद में डाल देता है, जिससे उनकी बाहरी इंद्रियाँ काम करना बंद कर देती हैं, फिर उनमें से जिसे अल्लाह इस दुनिया से लेना चाहता है, उसे क़त्ल कर देता है और क़यामत के दिन

तक उसकी आत्मा वापस नहीं आएगी। शरीर, और जिसकी मृत्यु लिखी नहीं है, उसकी आत्मा लौट आती है।

बुखारी और मुस्लिम ने अबू हुरैरा (आरए) के अधिकार पर वर्णन किया है कि अल्लाह के दूत (पीबीयूएच) ने कहा, "जब तुम में से कोई बिस्तर पर जाता है, तो उसे अपने एप्रन की स्कर्ट से पोंछना चाहिए, क्योंकि वह नहीं जानता कि क्या होगा उसके बाद होगा." लेकिन आ गया है तो फिर कहो मेरे प्रभु! मैं आपके नाम पर अपना पक्ष रखता हूं और आपकी मदद से मैं इसे उठाऊंगा, यदि आप मेरी जान लेते हैं, तो उस पर दया करें, और यदि आप इसे फिर से अनुमति देते हैं, तो इसकी रक्षा करें जैसे आप अपने धर्मी सेवकों की रक्षा करते हैं।

मृत्यु और जीवन और आत्मा का कब्ज़ा और शरीर में उसका पुनः प्रवेश उन लोगों के लिए महान संकेत हैं जो चिंतन करने में सक्षम हैं। ये तथ्य इस बात का निश्चित प्रमाण हैं कि सर्वशक्तिमान ईश्वर इन चीजों में सक्षम है, वह निश्चित रूप से न्याय के दिन लोगों को पुनर्जीवित करने में सक्षम है, और वह अकेले ही आज्ञाकारिता और दासता का हकदार है।

सूरह अल दहर **76**, आयत **1**
अहसनुल बयान
दरअसल, मनुष्य उस दौर से गुजर चुका है (1) जब यह कोई उल्लेखनीय बात नहीं थी।

 1.1 अर्थात, मनुष्य पहले पैगंबर आदम हैं और समय (एक समय) आत्मा के सांस लेने से पहले के समय को संदर्भित करता है, जो कि चालीस वर्ष है, और अधिकांश टिप्पणीकारों के अनुसार, मानव शब्द का उपयोग लिंग के रूप में किया जाता है, और समय गर्भावस्था का तात्पर्य माँ के गर्भ की वह अवधि है जिसमें कुछ भी उल्लेखनीय नहीं होता है। यह ऐसा है जैसे किसी व्यक्ति को चेतावनी दी गई हो कि जब वह सुंदरता और सौंदर्य के रूप में बाहर आएगा, तो वह खड़ा होगा और भगवान के सामने झुक जाएगा, उसे अपनी स्थिति याद रखनी चाहिए कि मैं वही हूं जब मैं दुनिया में था तो कौन मुझे जानता था?

तफ्सीर जलालैन
क्या मनुष्य के लिए, आदम के लिए, चालीस वर्ष की अवधि, वास्तव में, कभी रही है, जिसमें वह एक अज्ञात चीज़ थी? - वह इस [अवधि] के दौरान मिट्टी में गढ़ा

गया था और उसका उल्लेख नहीं किया गया था; वैकल्पिक रूप से insn, 'आदमी' से जो अभिप्राय है, वह सामान्य संज्ञा है और hn, 'समय की अवधि', गर्भधारण की अवधि है।

तफ्सीर अस सादी

इस धन्य सूरह में, अल्लाह तआला ने मनुष्य की प्रारंभिक, चरम और मध्यवर्ती स्थितियों का वर्णन किया है, इसलिए उन्होंने कहा कि उसके ऊपर से एक लंबा समय बीत चुका है और यह वह काल है जो उसके अस्तित्व से पहले था और वह अब है। पर्दा शून्यता में था, बल्कि यह कोई उल्लेखनीय चीज़ नहीं थी, फिर जब अल्लाह तआला ने इसे पैदा करने का इरादा किया, तो उसने अपने पिता आदम (सल्ल.) को मिट्टी से पैदा किया, फिर उनकी संतान को निरंतर बनाया। "मिश्रित वीर्य से" यानी बनाया। निचले और गंदे पानी से (ﷻ (हम इसके माध्यम से उसका परीक्षण करते हैं ताकि हम जान सकें कि क्या वह अपनी पहली स्थिति को स्पष्ट रूप से देख और समझ सकता है या वह इसे भूल जाता है। और वह अपने आप से भ्रमित हो गया है? इसलिए, अल्लाह ताला ने उसे पैदा किया, उसकी बाहरी और आंतरिक शक्तियाँ बनाईं, उदाहरण के लिए: कान, आँखें और अन्य अंग, उसके लिए इन शक्तियों को पूरा किया, उन्हें ध्वनि बनाया, ताकि वह इन शक्तियों के माध्यम से अपने लक्ष्य को प्राप्त कर सके। फिर उसने अपने दूतों को उसके पास भेजा, उस पर किताबें प्रकट कीं, उसे वह रास्ता दिखाया जो उसकी ओर जाता है, उस रास्ते को स्पष्ट किया और उसे उस रास्ते पर प्रोत्साहित किया और उसे इन आशीर्वादों से अवगत कराया। जो उसे उसके पास पहुंचने पर मिलेंगे। फिर उसे उस रास्ते के बारे में चेतावनी दी जो विनाश की ओर ले जाता है, उसे उस रास्ते के बारे में चेतावनी दी, उसे यह भी बताया कि उस रास्ते पर चलने पर उसे क्या सज़ा मिलेगी और क्या यातना झेलनी पड़ेगी। अल्लाह तआला ने बंदों को दो श्रेणियों में बांटा है:

 पहला: वह बंदा जो अल्लाह सर्वशक्तिमान द्वारा दी गई नेमत के लिए आभारी है और जो अल्लाह सर्वशक्तिमान के अधिकारों को पूरा करता है, जिम्मेदारी का बोझ जो अल्लाह सर्वशक्तिमान ने उस पर डाला है।

 दूसरा: जो नेमतों के लिए कृतघ्न हुआ, अल्लाह ने उसे धार्मिक और सांसारिक नेमतों से नवाजा, लेकिन उसने इन नेमतों को अस्वीकार कर दिया और अपने भगवान पर अविश्वास किया और उस रास्ते पर चल पड़ा जो विनाश की घाटियों की ओर जाता है।

तफ्सीर अबुल आला मौदूदी-

क्या मनुष्य के अनंत युगों में कभी ऐसा समय आया था जब वह कोई उल्लेखनीय वस्तु नहीं था? [1]

1– पहला मुहावरा है हाल अति अली इंसान. अधिकांश टिप्पणीकारों एवं अनुवादकों ने यहाँ ऊँचाई के अर्थ में हिल लिया है। और वे इसका अर्थ यह निकालते हैं कि निश्चित रूप से या बिना किसी संदेह के मनुष्य पर ऐसा समय आ गया है। लेकिन तथ्य यह है कि अरबी में हल शब्द का अर्थ "क्या" है। इसका प्रयोग के अर्थ में किया जाता है और इसका अर्थ हमेशा प्रश्न नहीं होता, बल्कि अलग-अलग अवसरों पर यह स्पष्टतः संदिग्ध शब्द अलग-अलग अर्थों में बोला जाता है। उदाहरण के लिए, कभी-कभी हम जानना चाहते हैं कि अमुक घटना घटी है या नहीं और हम किसी से पूछते हैं, "क्या यह घटना घटी है?" हमारा इरादा कभी सवाल करना नहीं है, बल्कि किसी बात को नकारना है, और यह खंडन हम इस तरह करते हैं कि, "क्या यह काम कोई और कर सकता है?" कभी-कभी हम किसी व्यक्ति से कबूलनामा कराना चाहते हैं और इसके लिए हम उससे पूछते हैं, "क्या मैंने आपके पैसे चुकाए हैं?" और कभी-कभी हमारा इरादा केवल स्वीकारोक्ति करने का नहीं होता है, बल्कि हम वार्ताकार के दिमाग को किसी अन्य चीज़ के बारे में सोचने के लिए मजबूर करने के लिए प्रश्न पूछते हैं जो आवश्यक रूप से उसके कबूलनामे के परिणामस्वरूप उत्पन्न होती है। उदाहरण के लिए, हम किसी से पूछते हैं, "क्या मैंने तुम्हारे साथ कुछ गलत किया है?" इसका उद्देश्य न केवल उससे यह कबूल करवाना है कि तुमने उसके साथ कुछ गलत नहीं किया है, बल्कि उसे यह भी सोचना है कि जिसने मेरे साथ कुछ भी गलत नहीं किया है, मैं बुराई करने में कहां तक उचित हूं? चर्चाधीन श्लोक में प्रश्नवाचक वाक्य वास्तव में इसी अंतिम अर्थ में कहा गया है। इसका उद्देश्य न केवल मनुष्य को यह स्वीकार कराना है कि वास्तव में उस पर ऐसा समय गुजर चुका है, बल्कि उसे यह सोचने पर मजबूर करना भी है कि जिस ईश्वर ने इतनी दीन अवस्था से अपनी रचना प्रारम्भ की, उसने उसे पूर्ण मनुष्य क्यों बनाया। क्या वह इसे पुन: प्रस्तुत करने में असमर्थ है?

दूसरा मुहावरा है है मन अल धर. धार का तात्पर्य उस अनंत समय से है, जिसका न तो प्रारंभ का पता है और न ही अंत का, और समय का तात्पर्य उस विशेष समय से है जो इस अनंत समय के भीतर कभी घटित हुआ हो। शब्द का उत्तर यह है कि इस अनंत काल में एक लम्बा कालखंड बीत चुका है जब मानव जाति का अस्तित्व ही नहीं था। फिर इसमें एक समय ऐसा आया जब मानव नाम की प्रजाति की शुरुआत

हुई। और उस युग के भीतर प्रत्येक व्यक्ति के लिए एक ऐसा समय आया जब उसे शून्य से अस्तित्व में आने की दीक्षा दी गई।

तीसरे वाक्यांश लिम येकिन सिया का उल्लेख किया गया है, यानी वह उस समय कोई उल्लेखनीय चीज नहीं थे। इसका एक भाग पिता के शुक्राणु में सूक्ष्म कृमि के रूप में तथा दूसरा भाग माता के शुक्राणु में सूक्ष्म बीजाणु के रूप में विद्यमान था। बहुत समय तक मनुष्य को पता ही नहीं चला कि वास्तव में उसकी उत्पत्ति इसी कीड़े और अंडे के मिलन से होती है। अब उन दोनों को शक्तिशाली सूक्ष्मदर्शी से देखा जा चुका है, परंतु फिर भी यह कोई नहीं कह सकता कि पिता के कृमि में मनुष्य का कितना अंश है और माता के अण्डाणु में कितना। फिर स्थिर गर्भाधान के समय इन दोनों के मिलन से जो आरंभिक कोशिका अस्तित्व में आती है, वह इतना छोटा कण है कि उसे अत्यंत शक्तिशाली सूक्ष्मदर्शी से देखा जा सकता है कि यदि कोई मनुष्य इस विनम्र शुरुआत से विकसित होता है, भले ही वह करता है, किस प्रकार की कद-काठी, किस प्रकार की शक्ल-सूरत, किस प्रकार की योग्यता एवं व्यक्तित्व वाला होगा? इस कथन का तात्पर्य यह है कि उस समय वह कोई उल्लेखनीय वस्तु नहीं थे, यद्यपि उनका अस्तित्व मनुष्य के रूप में आरम्भ हो चुका था।

2– " एक मिश्रित शुक्राणु ।" इसका मतलब यह है कि मनुष्य का जन्म स्त्री और पुरुष के दो अलग-अलग शुक्राणुओं से नहीं हुआ, बल्कि जब दोनों शुक्राणु एक हो गए तो इस मिश्रित शुक्राणु से मनुष्य का जन्म हुआ।

तफ्सीर इब्ने कसीर
अल्लाह ने मनुष्य को तब बनाया जब उसका अस्तित्व ही नहीं था

अल्लाह सूचित करता है कि उसने मनुष्य को उस समय अस्तित्व में लाया जब वह अपनी दीनता और कमजोरी के कारण उल्लेख करने योग्य वस्तु भी नहीं था। अल्लाह कहता है,

क्या मनुष्य के ऊपर कोई ऐसा समय नहीं रहा, जब वह उल्लेख करने योग्य वस्तु नहीं था?

सूरह अस शम्स 91, आयत"

तफ्सीर अस सादी

और आत्मा का और उसका जिसने उसके (भागों को) बराबर किया।" इसमें एक संभावना यह है कि इसका अर्थ सभी पशु प्राणियों की आत्मा है, क्योंकि शब्द की व्यापकता इसका समर्थन करेगी। है। दूसरी सम्भावना यह है कि निम्नलिखित आयतों से केवल मनुष्य की स्व-अनिवार्य शपथ ही निहित होती है। दोनों अर्थों के अनुसार आत्मा अपने प्रकार को सिद्ध करने वाला एक महान लक्षण है, क्योंकि आत्मा अत्यंत सूक्ष्म एवं सूक्ष्म है। गति, गति, परिवर्तन और प्रभाव का परिवर्तन और आत्मा की निष्क्रियता, उदाहरण के लिए: हम कल्पना, इरादे, उद्देश्य, प्यार और नफरत में बहुत तेज़ हैं। यदि मैं नहीं हूँ तो शरीर एक पृथक मूर्ति है जिसका कोई उपयोग नहीं है और इस समय जो भय है उसमें इसे सुधारना अल्लाह की महान निशानियों में से एक है।

-तफ्सीर अबुल आला मौदूदी
[और मनुष्य की आत्मा के द्वारा और उसके द्वारा जिसने उसे चिकना किया [4

उसे सुडौल बनाने का अर्थ है उसे ऐसा शरीर देना जो उसके कद, हाथ-पैर और दिमाग की दृष्टि से मानव जीवन जीने के लिए सबसे उपयुक्त हो। उन्हें देखने, सुनने, छूने, चखने और सूंघने की ऐसी इंद्रियाँ दी गईं जो अपने अनुपात और अपनी विशेषताओं के कारण उनके लिए ज्ञान का सर्वोत्तम साधन बन सकती थीं। उन्हें बुद्धि और विचार की शक्ति, तर्क और अनुमान की शक्ति, विचार की शक्ति, स्मृति की शक्ति, विवेक की शक्ति, निर्णय की शक्ति, इच्छा की शक्ति और ऐसी अन्य मानसिक शक्तियाँ दी गईं, जिनकी बदौलत वह वह कार्य करने में सक्षम था जो इस संसार में एक इंसान को करना होता है। इसके अलावा चिकनी-चुपड़ी में यह भी शामिल है कि उसे जन्मजात पापी और जन्मजात बदमाश न बनाया जाए, बल्कि वह सीधे और सीधे स्वभाव पर बनाया गया हो और उसकी संरचना में कोई प्राकृतिक कुटिलता नहीं रखी गई हो ताकि वह सीधेपन को स्वीकार न करना चाहे। पथ. कर सकते हैं   सूरह रम में अंतिम दो शब्दों, "फ़ितरत-अल्लाह-अल्लाह-अल-ति फ़ित्र-अल-नास-अली-हा" में इसका वर्णन किया गया है। और नबी (सल्लल्लाह अलैहि व सल्लम) ने एक हदीस में इसका वर्णन इस प्रकार किया है: "ऐसा कोई बच्चा नहीं है जो प्रकृति के अलावा किसी और चीज़ पर पैदा हुआ हो, तो उसके

माता-पिता उसे यहूदी या ईसाई कहते हैं या जादूगर बनाते हैं" . यह ऐसा है जैसे कोई बच्चा किसी जानवर के पेट से पैदा हुआ हो। क्या आपको उनमें से किसी के कान कटे हुए मिलते हैं? |" (बुखारी और मुस्लिम)। अर्थात् बहुदेववादी ही हैं जो बाद में अपने भ्रम और अज्ञान के कारण जानवरों के कान काट देते हैं, अन्यथा ईश्वर किसी जानवर को उसकी माँ के गर्भ से कान काटकर पैदा नहीं करता। एक अन्य हदीस में, पवित्र पैगंबर ने कहा: "मेरे भगवान कहते हैं कि मैंने अपने सभी सेवकों को हनीफ (साहिह अल-फितर) के साथ बनाया, फिर शैतान आए और उन्हें उनके धर्म (यानी उनके प्राकृतिक धर्म) से भटका दिया। और उन्हें इससे मना किया।" जिसे मैंने उनके लिए वैध कर दिया था और उन्हें आदेश दिया था कि वे उन चीज़ों को मेरे साथ साझीदार बनाएं जिनके बारे में मैंने कोई सबूत नहीं भेजा है।" (मुसनद अहमद, मुस्लिम ने भी पवित्र पैगंबर की इस बात को इसी तरह के शब्दों में उद्धृत किया है)।

तफ्सीर इब्ने कसीर

(मतलब, उसने इसे सही प्रकृति (अल-फ़ित्रा
पर सही और अच्छी तरह से तैयार किया।

,यह वैसा ही है जैसा अल्लाह कहता है

तो अपना रुख धर्म की ओर करो हनीफ। अल्लाह का फ़ितरा जिससे उसने इंसानों (को पैदा किया। ख़लक़िल्लाह में कोई बदलाव न हो। (30:30

,अल्लाह के दूत ने कहा

और देखें

हर बच्चा जो पैदा होता है, वह फितरा पर पैदा होता है, लेकिन उसके माता-पिता उसे यहूदी, ईसाई या पारसी बनाते हैं।

यह ठीक वैसे ही है जैसे जानवर अपने सभी अंगों के साथ पूर्ण होकर पैदा होता है। ?क्या आपको इसमें कोई विकृति नज़र आती है

अल-बुखारी और मुस्लिम दोनों ने इस हदीस को अबू हुरैरा से दर्ज किया है।

सहीह मुस्लिम में, 'इयाद बिन हिमर अल-मुजशी' से वर्णित है कि अल्लाह के दूत ने ,कहा

,अल्लाह सर्वशक्तिमान और राजसी कहता है

वास्तव में मैंने अपने सेवकों हुनफ़ा को (एकेश्वरवादी के रूप में) बनाया, लेकिन" "फिर शैतान उनके पास आए और उन्हें उनके धर्म से विचलित कर दिया।

फिर अल्लाह कहता है

सूरह अल- फुरकान **25**, आयत **47**

तफ़सीर अहसनुल बयान

और वही है जिसने तुम्हारे लिए रात में पर्दा बनाया (1) और नींद को आरामदायक बनाया (2) और दिन में उठने का समय बनाया (3)।

अर्थात वस्त्र, जैसे वस्त्र मानव संरचना को छुपाता है, वैसे ही रात आपको 47.1 अपने अंधेरे में छुपाती है।

सब्त का अर्थ है काटना। नींद मानव शरीर को क्रिया से अलग कर देती है, 47.2 जिससे उसे आराम मिलता है। कुछ के अनुसार सब्बाथ का अर्थ विश्राम फैलाना है। नींद में व्यक्ति फैला हुआ होता है इसलिए इसे सब्बाथ कहा जाता है।   असर अल-तफसीर और फतह अल-कादिर।

अर्थात निद्रा, जो मृत्यु की बहन है, दिन में व्यक्ति इस निद्रा से जागकर पुनः 47.3 व्यापार-व्यवसाय के लिए उठता है। हदीस में वर्णित है कि जब पैगंबर (अल्लाह की शांति और आशीर्वाद उन पर हो) सुबह उठते थे, तो वह यह दुआ पढ़ते थे (अल-हम्दु लिल्लाहि अल-धी अहियाना बाद मा अमत्ना वा लइही अन-सुनशुरू) 'सभी प्रशंसाएं अल्लाह के लिए हैं जिसने हमें मारने के बाद हमें पुनर्जीवित किया और हमें उसी के 'पास इकट्ठा होना चाहिए।

तफ्सीर इब्ने कसीर

,और वही है जो रात को तुम्हारे लिए पर्दा बना देता है

यह सभी चीज़ों को ढकता और छिपाता है।

:यह आयत की तरह है

(रात होते-होते घिर जाती है. (92:1

,और नींद एक आराम है

इसका मतलब है, गति को रोकना ताकि शरीर आराम कर सके। क्योंकि दिन के समय जब कोई जीविकोपार्जन के लिये बाहर जाता है, तो उसकी शक्तियाँ और अंग लगातार चलते रहने से थक जाते हैं। जब रात होती है, और सन्नाटा हो जाता है, तो वे चलना छोड़ देते हैं, और विश्राम करते हैं; इसलिए नींद शरीर और आत्मा दोनों को तरोताजा कर देती है।

और दिन को नुशूर बना देता है।

मतलब, लोग रोजी-रोटी कमाने और अपना कारोबार करने के लिए बाहर जाते हैं।

:यह आयत की तरह है

और देखें

यह उसकी दयालुता के लिए है कि उसने तुम्हारे लिए रात और दिन बनाए हैं ताकि तुम उनमें विश्राम कर सको और उसके अनुग्रह की तलाश कर सको... (28:73

मानव आत्मा, उसके अस्तित्व, प्रकृति, अंतिम उद्देश्य और अनंत काल की चर्चा, इस्लामी दर्शन में एक अत्यंत महत्वपूर्ण स्थान रखती है और इसका मुख्य केंद्र बिंदु है। अधिकांश भाग के लिए मुस्लिम दार्शनिक सहमत थे, जैसा कि उनके यूनानी पूर्ववर्तियों ने किया था, कि आत्मा में गैर-तर्कसंगत और तर्कसंगत भाग होते हैं। गैर-तर्कसंगत भाग को उन्होंने पौधे और पशु आत्माओं में विभाजित किया, तर्कसंगत भाग को व्यावहारिक और सैद्धांतिक बुद्धि में। सभी का मानना था कि गैर-तर्कसंगत भाग अनिवार्य रूप से शरीर से जुड़ा हुआ है, लेकिन कुछ ने तर्कसंगत भाग को प्रकृति द्वारा शरीर से अलग माना और दूसरों ने कहा कि आत्मा के सभी भाग प्रकृति द्वारा भौतिक हैं। दार्शनिक इस बात पर सहमत थे कि, जब आत्मा शरीर में है, तो इसका गैर-तर्कसंगत हिस्सा शरीर का प्रबंधन करना है, इसकी व्यावहारिक बुद्धि शरीर सहित सांसारिक मामलों का प्रबंधन करना है, और इसकी सैद्धांतिक बुद्धि शाश्वत पहलुओं को जानना है जगत। उन्होंने सोचा कि आत्मा का अंतिम अंत या खुशी शरीर की मांगों से खुद को अलग करने और ब्रह्मांड के शाश्वत पहलुओं को समझने पर ध्यान केंद्रित करने की क्षमता पर निर्भर करती है। सभी का मानना था कि गैर-तर्कसंगत आत्मा अस्तित्व में आती है और अपरिहार्य रूप से नष्ट हो जाती है। अल-फ़राबी जैसे कुछ लोगों का मानना था कि तर्कसंगत आत्मा अनंत काल तक जीवित रह भी सकती है और नहीं भी; इब्न सीना जैसे अन्य लोगों का मानना था कि इसकी कोई शुरुआत या अंत नहीं है; इब्न रुश्द जैसे अन्य लोगों का मानना था कि आत्मा अपने सभी अलग-अलग हिस्सों के साथ अस्तित्व में आती है और अंततः नष्ट हो जाती है।

हदीस में आत्मा का विवरण

कुरान और हदीस में आत्मा (नफ़्स) और आत्मा के बीच के अंतर पर टिप्पणीकारों द्वारा शायद ही कभी विचार किया गया है, ताकि इन दो शब्दों का परस्पर और पर्यायवाची रूप से उपयोग किया जा सके। हालाँकि, कुछ धर्मशास्त्री और धार्मिक ग्रंथ के विद्वान आत्मा और आत्मा और उनके अस्तित्व के क्रम के बीच अंतर पर जोर देते हैं। दार्शनिक चर्चाओं में यह अंतर इसके विशिष्ट अनुप्रयोगों के कारण थोड़ी चिंता का विषय है, लेकिन कुरान संस्कृति में यह अंतर बहस का विषय है। ऐसे कई कारण हैं जिन्होंने इस विषय को कम विवादास्पद बना दिया है लेकिन सबसे महत्वपूर्ण कारण वैज्ञानिक प्रमाणों की कमी है , और विचारों का फैलाव।

इंटरनेशनल जर्नल ऑफ एजुकेशन एंड रिसर्च वॉल्यूम। **3 नंबर 8 अगस्त 2015**
इस्लाम में अल-रूह (आत्मा) की अवधारणा

डॉ. यूसुफ दलहट
संघीय शिक्षा विश्वविद्यालय ज़ारिया
पीएमबी: **1041**

रूह (आत्मा), कुरान और भविष्यवाणी परंपराओं के प्रमाणों के आधार पर। यह पर केंद्रित है

 यह समझाते हुए कि इस शब्द का इस्लाम और अरबी दोनों भाषाओं में क्या अर्थ है। का भिन्न

 अल-नफ्स और अल-रूह के बीच अंतर के संबंध में विद्वानों के बीच राय

 पर भी प्रकाश डाला गया है जिसमें प्रमाण सहित सही राय दी गई है

 पहचान की। अखबार ने इस्लामी के भीतर कुछ संप्रदायों द्वारा प्रस्तावित दृष्टिकोण को बताया

 आत्मा के पूर्व-अस्तित्व पर धर्म केवल इसे निरस्त करने के लिए, अल-रुह के होने की पुष्टि करता है

 अत्यंत हल्के ईथर-प्रकार का शरीर बनाया, जो नष्ट होने के साथ नष्ट नहीं होता भौतिक शरीर. कुरान और भविष्यवक्ता द्वारा दी गई ठोस जानकारी

 परंपराएँ महत्व, प्रासंगिकता के साथ-साथ विश्वसनीयता को भी दोहराएँगी

 धार्मिक शिक्षाएँ, विश्वसनीय जानकारी जानने के एकमात्र स्रोत के रूप में आध्यात्मिक मुद्दे.

मुख्य शब्द: इस्लाम, आत्मा, शरीर, यूनानी दर्शन, अल-रूह, अल-नफ्स

1 परिचय

इस पेपर का उद्देश्य अल-रूह की अवधारणा पर स्पष्टीकरण के साथ योगदान देना है

(आत्मा) इस्लाम में, कुरान और सुन्नत को मुख्य संदर्भ और स्रोत के रूप में उपयोग करते हैं

ज्ञान। इस्लामी इतिहास के विद्वानों ने वास्तव में इस विषय पर योगदान दिया है अपने उत्कृष्ट लेखन के साथ, फिर भी इस विषय पर लेखन जारी रखने की आवश्यकता है

इस मामले पर वास्तविक इस्लामी शिक्षाओं को प्रकाश में लाएँ, किसी को भी त्यागें अनुमान और भ्रम पर निर्मित दृश्य जिसके बारे में बातें कही जा सकती हैं

बिना निश्चित ज्ञान के अल्लाह या उसका धर्म। इस लेख के पाठक पा सकते हैं अल-रूह की अवधारणा पर यूनानी दार्शनिकों के प्रारंभिक विचारों का संदर्भ

(आत्मा), लेकिन पेपर का मुख्य फोकस इस्लामी बिंदु में अवधारणा पर चर्चा करना है

देखना। यूनानी दार्शनिकों ने भौतिक विज्ञान से निपटने में अधिक सफलता दर्ज की,

जिसका उपयोग करके अनुभूति के ज्ञान से ज्ञान का प्रमाण एकत्र किया जा सकता है।

पांच इन्द्रियां। लेकिन अल-रूह (आत्मा) के तथ्य अनुमान या संदेह से परे हैं; यह भौतिक विज्ञान के दायरे से परे एक उत्तर की आवश्यकता है। ऐसे मामलों में गोता लगाना

विश्वसनीय जानकारी इकट्ठा करने के लिए ईश्वरीय धर्मग्रंथ के परामर्श की आवश्यकता होती है

जो चीज़ अल्लाह के लिए स्पष्ट नहीं है उसका निर्णायक ज्ञान। ऐसा इसलिए है क्योंकि

अवधारणा कोई दार्शनिक मामला नहीं है जिस पर कोई भी विद्वान किसी अधिकार का दावा कर सके

यह। आंतरिक साक्ष्य, साक्ष्य और प्रमाण प्राप्त करने के लिए कुरान का अध्ययन करने की आवश्यकता है

अपने दैवीय अधिकार के बारे में, उसे एक ठोस जानकारी और उत्तर प्रदान करता है आध्यात्मिक मुद्दों से संबंधित प्रत्येक प्रश्न। इससे उसे यह एहसास करने में मदद मिलती है कि जीवन क्या है

एक अमानत और साथ ही अल्लाह की कृपा का उपहार, जिसका उपयोग करना मनुष्य का दायित्व है

केवल अल्लाह की इच्छा के अधीन रहकर, धार्मिकता करने की पूंजी के रूप में। इससे भी मदद मिलती है

वह अपने और शेष मानवजाति के बीच सदाचार और न्याय के साथ अपना जीवन व्यतीत करता है।

तभी उसका जीवन उसके काम आ सकता है, तभी वह अपनी आत्मा की भी रक्षा कर सकता है

उसका भौतिक शरीर शाश्वत अभिशाप से।

2. अल-रूह (आत्मा) की अवधारणा पर दार्शनिक विचार

आरंभिक यूनानी कवियों में से एक, होमर ने आत्मा को ही मानव माना

युद्ध में प्राणी जोखिम उठाते हैं। उनके अनुसार, यदि आत्मा शरीर से निकल गयी, तो भी

मृतक की छाया के रूप में अंडरवर्ल्ड में रहता है। होमर के बाद, शब्द

इसके अर्थ में विस्तार का अनुभव हुआ। पहले छठी और पाँचवीं शताब्दी के प्रारंभ में

ईसाई युग में, बाद के विचारकों ने इस शब्द का उपयोग संकाय को नामित करने के लिए किया

किसी की भावनाओं, विचार, तर्क और उसके गुणों को उजागर करना। उदाहरण के लिए,

भोजन, पेय, सेक्स और उस प्रकृति की अन्य चीजों से प्राप्त आनंद सभी को जिम्मेदार ठहराया जाता है

इस अवधि में सोल (स्टैनफोर्ड, इनसाइक्लोपीडिया)। शामिल करने के लिए यह शब्द फिर से विकसित हुआ

चीजें केवल जानवरों तक ही सीमित नहीं हैं, बल्कि पौधों तक भी, यह दृष्टिकोण प्रस्तावित है

पाइथागोरस। उन्होंने आत्मा की कल्पना एक ऐसी इकाई के रूप में की जो विद्यमान दिव्यता का हिस्सा है

भौतिक शरीर से पहले और बाद में (एनसाइक्लोपीडिया, ब्रिटानिका)। सुकरात के लिए आत्मा एक है

अमर इकाई जो संज्ञानात्मक और बौद्धिक विशेषताओं द्वारा विशेषता है

(स्टैनफोर्ड, इनसाइक्लोपीडिया)। प्लेटो द्वारा प्रतिपादित आत्मा की बहुलता का सिद्धांत

सिखाता है कि आत्मा और शरीर अलग-अलग हैं, पूर्व को तर्कसंगत रूप से वर्गीकृत करते हुए

सिर में स्थित आत्मा, स्तन को अपना स्थान मानकर भावुक या उत्साहित आत्मा पेट में क्षुधावर्धक आत्मा (कैथोलिक विश्वकोश)।

अरस्तू के अनुसार आत्मा शरीर का विशिष्ट निवासी नहीं है; बल्कि, यह एक है

सिद्धांत जो जीवित शरीर के सक्रिय कारण का तात्पर्य करता है। एक आत्मनिष्ठ जीवन

उसके लिए शरीर केवल विशेष प्रकार के सूचित मामले को इंगित करता है (स्टैनफोर्ड)।

विश्वकोश)। एपिकुरस के अनुसार, आत्मा और शरीर दोनों का अंत मृत्यु पर हुआ, ऐसा दावा किया गया

किसी की मृत्यु पर उसकी आत्मा बिखर जाती है। स्टोइक्स ने आत्मा की मृत्यु के विचार का खंडन किया,

जबकि क्रिसिपस का मानना था कि केवल बुद्धिमान लोगों की आत्माएँ ही जीवित रहती हैं

ब्रह्मांडीय चक्र में विस्फोट (कैथोलिक इनसाइक्लोपीडिया)। जहाँ तक अन्य लोगों की बात है, वह

उन्होंने कहा कि उनकी आत्मा थोड़े समय के बाद बिखरने के लिए ही रहती है। आधुनिक दर्शन में,

आत्मा को अक्सर मन का पर्याय माना जाता है, इसका स्रोत माना जाता है

तर्क और सोच. बाद में, प्लेटो का आत्मा की बहुलता का सिद्धांत आगे बढ़ा

ऑगस्टीन हिप्पो जैसे ईसाई लेखक, जिन पर ट्राइकोटॉमी का सिद्धांत आधारित है

निर्मित, जहां शरीर और आत्मा दोनों प्राकृतिक पीढ़ी द्वारा आते हैं। फिर आत्मा दी जाती है

पुनर्जीवित ईसाई को अकेले उच्च स्तर पर ले जाने के लिए (वही)।

यदि कोई प्रारंभिक यूनानी दर्शन में आत्मा शब्द को संदर्भित करता है, तो वह इसका उल्लेख करेगा

पता लगाएं कि इस शब्द का प्रयोग मुख्य रूप से जीवित मनुष्य को अलग करने के लिए किया गया था

लाश. इस शब्द का प्रयोग तब नैतिक गुणवत्ता और तीव्र भावनाओं को दर्शाने के लिए किया जाता था

भौतिक शरीर के नष्ट होने के बाद भी आत्मा द्वारा इसे बरकरार रखा जाता है। उनमें से अधिकांश के साथ

एपिकुरस के अपवाद का मत था कि यह नष्ट होने के साथ नष्ट नहीं होता है

शरीर का, और वास्तव में भिन्न शरीर में अवतरित हो सकता है। बाद के ईसाई लेखक

इन यूनानी दार्शनिकों, विशेषकर प्लेटो के विचारों पर अपने विचार बनाए, जो कायम हैं

आधुनिक विचारकों तक सभी तरह से। की मर्मज़ आलोचना करने की कोई आवश्यकता नहीं है

ये विचार, क्योंकि हमारा उद्देश्य केवल इस्लाम में अल-रूह की अवधारणा को कवर करना है। लेकिन के कारण

इस्लामी धर्म के भीतर कुछ संप्रदायों पर विचारों का प्रभाव, हम चुनिंदा हो सकते हैं

कुछ पहलुओं पर टिप्पणी करें, उन अप्रासंगिक या बेतुके पहलुओं को अलग रखें जिनका कोई महत्व नहीं है

इसके बौद्धिक मूल्य की पुष्टि करने के लिए रहस्योद्घाटन।

3. कुरान और सुन्नत में अल-रूह शब्द

इस्लाम में, अल-रूह का तात्पर्य मुख्य रूप से जीवन की एनिमेटेड सांस से है, जो जीवित है,

जो मृत्यु के समय उसके भौतिक शरीर को छोड़ देता है। अल्लाह तआला ने कहा:

"तब उसने उसे (मनुष्य को) उचित अनुपात में बनाया और उसमें अपना प्राण फूंक दिया

रूह (उस व्यक्ति के लिए अल्लाह द्वारा बनाई गई आत्मा); और उसने तुम्हें सुनने की शक्ति दी (कान)

जगहें (आँखें) और दिल। आप जो धन्यवाद देते हैं वह थोड़ा है" (32:9)

अल-रूह जो भौतिक शरीर को छोड़ता है वह दो प्रकार का होता है, पहले को छोटा कहा जाता है

नींद के दौरान होने वाली मृत्यु (अल-वफ़ात अल-सुगरा), और फिर वास्तविक मृत्यु (अल-

वफ़ात अल-कुबरा)। दोनों अवसरों में, रूह शरीर को छोड़ देती है, यद्यपि की प्रकृति

यह प्रस्थान समान स्तर का नहीं है। उदाहरण के लिए, जब कोई सो जाता है तो उसकी रूह सो जाती है

अपने भौतिक शरीर को पूरी तरह से अलग नहीं करता, बल्कि वह एक में रहकर इधर-उधर घूमता रहता है

किसी न किसी तरह से वह इस तरह सांस लेता है कि जब वह जागने वाला होता है, तो वह वापस लौट आती है

पलक झपकते ही वह अन्दर आ गया। कुरान और में इसकी पुष्टि की गई है

सुन्नत, अल्लाह महान कहता है:

"यह अल्लाह ही है जो आत्माओं को उनकी मृत्यु के समय ले जाता है, और उन लोगों को भी

उनकी नींद के दौरान मत मरो. वह उन (आत्माओं) को रखता है जिनके लिए उसने मृत्यु निर्धारित की है

और शेष को नियत अवधि के लिए भेज देता है। निस्संदेह, इसमें उन लोगों के लिए निशानियाँ हैं

गहराई से सोचो" (39:42)

अब्दुल्ला बी. अब्बास (अल्लाह उस पर प्रसन्न हो) उपरोक्त टिप्पणी करते हुए

आयत में कहा गया है कि अल्लाह अपने बंदों की आत्मा को दो मौकों पर लेता है। पहला है

समय वे सो रहे हैं और फिर वास्तविक मृत्यु, उस आत्मा को समाप्त करना जिसके लिए वह है

मौत की सजा दी गई और बाकी को बिना किसी गलती के भेज दिया गया (इब्न कथिर, 1999)। में

उसी नस में, पैगंबर (अल्लाह का आशीर्वाद और शांति उस पर हो) है

जैसा कि अबू के अधिकार पर बुखारी ने बताया था, उसके अनुसार कहा गया है

क़तादा कि, जब वे सो गए और एक दिन प्रार्थना करने से चूक गए, तो पैगंबर ने कहा: "वास्तव में
अल्लाह ने जब चाहा तो तुम्हारी रूहें ले लीं और जब चाहा लौटा दीं

वसीयत"।

यह स्पष्ट प्रमाण है कि सोना मृत्यु के समान है जिसमें रूह का कार्य है

प्रतिबंधित और लिया गया, लेकिन फिर भी शरीर से जुड़ा रहता है। इसका स्वभाव हो सकता है कि कनेक्शन के बारे में हमें पूरी जानकारी न हो. हालाँकि यह नियम केवल रुह पर लागू होता है

(आत्मा) किसी व्यक्ति में फूंकी गई जीवन की सांस को संदर्भित करने के लिए नामित है। लेकिन इसके अलावा

मतलब, इस शब्द का उपयोग कुरान में अन्य अर्थों को निर्दिष्ट करने के लिए किया जाता है, जैसा कि हाइलाइट किया गया है

नीचे:

1. कुरान: कुरान में अल-रूह का इस्तेमाल किताब के लिए ही किया जा सकता है, किस वजह से

यह विश्वासियों में विश्वास जगाता है और साथ ही उन्हें अनुग्रह अर्जित करने के लिए मार्गदर्शन भी देता है

और उनके रब की दया। अल्लाह उसकी महिमा करे, उसने कहा:

"और इस प्रकार हमने आपके पास (हे मुहम्मद) रूह (एक रहस्योद्घाटन) भेजा है

आज्ञा। तुम न जानते थे कि किताब क्या है, न ईमान क्या है? लेकिन हमने इसे बनाया

(यह रूह (कुरान)) एक प्रकाश है जिसके द्वारा हम अपने सभी दासों का मार्गदर्शन करते हैं

इच्छा। और वास्तव में, आप (हे मुहम्मद) वास्तव में (मानव जाति को) मार्गदर्शन कर रहे हैं

सीधा रास्ता" (42:52)

2. एंजेल जिब्रिल: इस शब्द का इस्तेमाल एंजेल जिब्रिल को दर्शाने के लिए किया जा सकता है, जैसा कि श्लोक में है

नीचे:

"(कुरान) जिसे रूह अल-अमीन (भरोसेमंद रूह (जिब्रिल)) ने उतारा है"

(26:193)

3. मरियम के पुत्र ईसा: अल-रूह का उपयोग कुरान में पैगंबर ईसा के संदर्भ में किया गया है

(अल्लाह का आशीर्वाद और शांति उस पर हो) जैसा कि नीचे दी गई आयत में है:

"हे पवित्रशास्त्र के लोगों! अपने धर्म में सीमा से आगे न बढ़ें और न ही कहें

अल्लाह के अलावा और कोई सच्चाई नहीं, मरियम का बेटा मसीहा ईसा इससे बढ़कर कुछ नहीं था

अल्लाह के दूत और उनके शब्द (हो-- और वह थे) जो उन्होंने प्रदान किये

मरियम और उसके द्वारा बनाई गई एक रूह। अतः अल्लाह और उसके रसूल पर ईमान लाओ,

मत कहो: तीन (ट्रिनिटी), बंद करो! (यह) आपके लिए बेहतर है। क्योंकि अल्लाह एक (एकमात्र) है

इलाह (ईश्वर), वह पुत्र पैदा करने से भी ऊपर महिमावान है। उसे

जो कुछ स्वर्ग में है और जो कुछ पृथ्वी में है, वह सब उन्हीं का है। और अल्लाह सर्वशक्तिमान है-

मामलों के निपटानकर्ता के रूप में पर्याप्त" (4:171)

4. अल्लाह की सहायता और मजबूती: अल-रूह का उपयोग अल्लाह का संकेत देने के लिए किया जाता है

नीचे दिए गए श्लोक के अनुसार विश्वासियों का समर्थन, सहायता और मजबूती:

"आपको (हे मुहम्मद) कोई भी ऐसा व्यक्ति नहीं मिलेगा जो अल्लाह और अल्लाह पर विश्वास करता हो

आख़िरी दिन, उन लोगों से दोस्ती करना जो अल्लाह और उसके रसूल का विरोध करते हैं

भले ही वे उनके पिता या उनके बेटे या उनके भाइयों के बेटे थे

या उनके रिश्तेदार (लोग)। ऐसे लोगों के लिए उसने उनके दिलों में विश्वास लिखा है और

उन्हें रूह से मजबूत किया" (58:22)

उपरोक्त में से कोई भी अर्थ अलग-अलग है लेकिन किसी न किसी तरह से संबंधित है

अल-रुह के वास्तविक अर्थ के लिए। जहां से अल-रुह के विभिन्न उपयोग बताए गए हैं

कुरान, केवल प्राथमिक अर्थ है जो आत्मा को बिंदु पर शरीर से प्रस्थान करने का संकेत देता है

मृत्यु का, अल-रुह के वास्तविक अर्थ का प्रतिनिधित्व करता है।

4. अल-रुह और अल-नफ़्स के बीच अंतर

अल-रुह और अल-नफ़्स के बीच अंतर चर्चा का विषय रहा है

इस्लाम और अरबी दोनों भाषाओं के विद्वान। इब्न मंधुर (एन.डी.) ने अल-अनबरी का हवाला दिया

अल-रूह और अल-नफ्स को एक ही होने का दावा किया है, सिवाय इसके कि पूर्व पुल्लिंग है

जबकि पूर्व स्त्रीलिंग है। इब्न क़य्यिम (2004) उनकी प्रसिद्ध पुस्तक "अल-रूह" में बताई गई है

विस्तार से, विचार दोनों को अलग-अलग होने का सुझाव देते हैं। उन्होंने कुछ विचार व्यक्त किये

इसमें वह भी शामिल है जो मुकातिल बी. सुलेमान के पास था, जिन्होंने कहा था कि हर व्यक्ति के पास अपना है

अपनी हयात (जीवन), रूह (आत्मा) और नफ़्स (स्वयं), समझाते हुए कि जब कोई सोता है, तो अल्लाह

बुलंद अपना नफ़्स लेता है, रूह नहीं जिससे वह अब भी साँस लेता है। लेकिन अगर अल्लाह ने चाहा

वह उस नींद में मर जाता है, वह परमप्रधान ने उसमें अपना नफ़्स ले लिया। एक और राय है

जिसे उन लोगों द्वारा धारण किया जाता है जो इसके आनंद और बेईमानी के संदर्भ में दोनों को अलग करते हैं

चरित्र, नफ़्स को मनुष्य का वह पहलू मानता है जो व्यर्थ की इच्छाओं से भरा होता है

इस संसार के अलावा और कुछ नहीं चाहता। लेकिन उसकी रूह सिर्फ अपने रब से मिलने की चाहत रखती है

इसलिए उसे धार्मिकता करने के लिए तैयार करता है।

उपरोक्त दोनों के अलावा अन्य विचार भी हैं, जिनमें से सभी को समर्थन का अभाव है

कुरान और सुन्नत. जहां तक पहली राय का सवाल है, अबू कतादाह की हदीस का हवाला दिया गया है

पहले इसे गलत साबित किया गया, जबकि दूसरे मत में जो अंतर बताया गया है

सुविधा की ओर अधिक झुकाव। इस मामले से संबंधित सही राय की पुष्टि की गई

अल-कुर्तुबी (1967), इब्न तैमियाह (1988) और उनके छात्र इब्न जैसे विद्वानों द्वारा

क़य्यिम (2004) का मानना है कि दोनों के बीच अंतर गुणों के बजाय गुणों का है

पदार्थ। कुरान में अल्लाह तआला ने नफ्स शब्द का प्रयोग किया है
दिवंगत आत्मा, जैसा कि नीचे दिए गए श्लोक में है:
"---और यदि आप देख सकें कि ज़ालिमुन (गलत काम करने वाले) कब पीड़ा में हैं
मृत्यु जबकि देवदूत अपने हाथ आगे बढ़ा रहे हैं (कह रहे हैं): "अपना उद्धार करो
नफ़्स (आत्मा)! आज के दिन तुम्हें अज़ाब का बदला दिया जायेगा
सत्य के अतिरिक्त जो कुछ तुम बोलते थे, उसके कारण तुम्हारी दुर्गति हो रही है।
और तुमने उसकी आयतों (प्रमाणों और शिक्षाओं) का अनादर के साथ प्रयोग किया"
(6:93)
वास्तव में, यह वही नफ़्स पैगंबर थे (अल्लाह की शांति और उनका आशीर्वाद हो)।
उस पर) ने बात की, जब वह अबू सलमा के घर में दाखिल हुआ
मृत्यु, जिसकी आंखें अभी भी ध्यान से स्थिर थीं, पैगंबर ने आंखें बंद करने के बाद
कहा:
"वास्तव में जब अल-रूह (आत्मा) लिया जाता है, तो दृष्टि उसका अनुसरण करती
है।" ये हदीस थी
जैसा कि सहीह में निहित है, उम्म सलमा (अल्लाह उस पर प्रसन्न हो) द्वारा
वर्णित है
मुसलमान. लेकिन अबू हुरैरा (रज़ियल्लाहु अन्हु) ने यही सुनाया
हदीस जिसमें "नफ़्स" का उपयोग किया गया था, पैगंबर ने कहा था कि रिपोर्ट करते
हुए: "क्या आप करते हैं।"
क्या आप नहीं देखते कि जब कोई मरता है तो उसकी दृष्टि स्थिर हो जाती है? वह
इस तथ्य के कारण था कि उसका
नज़र उसके नफ़्स का अनुसरण करती है" (मुस्लिम संबंधित)। इसके अलावा,
पैगंबर (म
अल्लाह का आशीर्वाद और शांति उस पर हो) एक अन्य हदीस में एक सेनापति
बनाया गया है
घोषणा, जिसमें अच्छी और बुरी आत्मा दोनों का जिक्र है, जिसमें "अल-अरवाह"
शब्द है
(रूह का बहुवचन) का उपयोग किया गया था, उन्होंने कहा: "अल-अरवाह (आत्माएं)
एक साथ एकत्रित सेनाएं हैं,
जो लोग एक-दूसरे से परिचित होंगे, उनमें एक-दूसरे के प्रति आत्मीयता होगी, और
उनमें से जो एक-दूसरे का विरोध करते थे, वे भिन्न होंगे" (सहमत)।

आत्मा के रहस्य

"और वे आपसे (हे मुहम्मद) रूह (आत्मा) के विषय में पूछते हैं; कहो: रूह (आत्मा) इसका ज्ञान मेरे रब के पास है। और तुम्हें (मानव जाति को) थोड़ा सा ज्ञान दिया गया है।"

अल-इसरा 17:85

अधिकांश इस्लामी विद्वान इस बात से सहमत हैं कि नफ़्स (आत्मा) और रूह (आत्मा) एक ही चीज़ के दो नाम हैं, और इस तरह परस्पर विनिमय योग्य हैं। आप पूरे कुरान और सुन्नत में 'आत्मा' और 'आत्मा' शब्द का प्रयोग रुक-रुक कर पाएंगे। हदीस के कुछ विद्वानों का मानना है कि रूह नफ़्स के अलावा अन्य है, लेकिन नफ़्स, जो मनुष्य के रूप में है, अस्तित्व के लिए रूह पर निर्भर है।
मनुष्य का स्वभाव (अर्थात नफ़्स) घमंड, इच्छाओं और जुनून से भरा है। यह परीक्षणों और कष्टों का स्रोत है, और उसके अपने नफ़्स से अधिक शत्रु कोई नहीं है। इस प्रकार, नफ़्स इस दुनिया की चीज़ों के अलावा और कुछ नहीं चाहता और प्यार करता है, जबकि रूह आख़िरत की चाहत रखता है और उसे आमंत्रित करता है।

आत्माओं का स्वरूप

इब्न अल-क़य्यिम के अनुसार और इब्न अबुल-इज़्ज़ अल-हनफ़ी द्वारा पुष्टि की गई, हम "आत्माओं" के रूप का वर्णन और व्याख्या इस प्रकार पाते हैं:

"आत्मा एक इकाई है जो भौतिक, मूर्त शरीर से भिन्न है। यह एक उच्च प्रकार का चमकदार (या प्रकाश जैसा) प्राणी है, जीवित और गतिशील, और यह अंगों में प्रवेश करता है, उनके माध्यम से घूमता है जैसे पानी गुलाब की पंखुड़ियों में फैलता है, जैसे तेल पूरे जैतून में फैलता है, और जैसे आग चारों ओर घूमती है। कोयले के जलते अंगारे।"

इब्न अबुल द्वारा संबंधित- तहवियाह में 'अल अक़ीदत' में 'इज़्ज़ अल-हनफ़ी'

आत्मा का "प्रकाश" के रूप में वर्णन, इसके शरीर में प्रवेश करने का तरीका, और इसका आकार कुरान या सुन्नत द्वारा सिद्ध नहीं किया जा सकता है। इन विवरणों को केवल "प्रमाणों" की अपनी समझ के आधार पर निष्कर्ष माना जा सकता है।

सुन्नत आत्मा की स्थिति और प्रकृति के वर्णन से परिपूर्ण है। ये हदीसें भरोसेमंद विद्वानों के दृष्टिकोण की पुष्टि करती हैं:अविश्वासियों को मिलने वाली शारीरिक और मनोवैज्ञानिक सज़ा का एक उदाहरण एक लंबी, प्रामाणिक रूप से संबंधित हदीस के निम्नलिखित भाग में मिलता है:

"...मृत्यु का दूत कहता है: "हे दुष्ट आत्मा, अपने भगवान के क्रोध और क्रोध के लिए बाहर आओ" अविश्वासी के शरीर के अंदर की आत्मा भयानक भय से उबर जाती है (और खुद को छोड़ना नहीं चाहती है), तब मृत्यु का दूत उसे बहु-आयामी कटार की तरह, गीले ऊन से खींचते हुए, हिंसक रूप से बाहर खींचता है - धमनियों और तंत्रिकाओं को फाड़ता है।

बुखारी द्वारा संबंधित

यह एक प्रामाणिक हदीस उम सलामा में भी वर्णित है:

"अल्लाह के दूत (आरी) ने अबू सलामा (यानी उसकी लाश) पर प्रवेश किया, जिसकी आँखें खुली हुई थीं। पैगम्बर (स.अ.व.) ने पलकें बंद कर दीं और फिर कहा: "जब रूह (आत्मा) को बाहर निकाला जाता है, तो दृष्टि उसका अनुसरण करती है (अर्थात उसे चढ़ते हुए देखती है)।"

अहमद और मुस्लिम द्वारा संबंधित

ये हदीसें दो तरह से संकेत करती हैं कि आत्मा वास्तव में एक रूप है। सबसे पहले, किसी चीज़ को पकड़ने और निकालने के लिए उसका आकार होना चाहिए। और दूसरी बात, आँखें केवल उसी चीज़ की कल्पना कर सकती हैं जिसका कोई आकार हो।

दो मौतें और दो जिंदगियां

कुरान में अल्लाह ने दो मौतों और दो जिंदगियों का जिक्र किया है।आप अल्लाह को कैसे झुठला सकते हैं जब आप मर चुके थे, उसने आपको जीवन दिया, फिर उसने आपको मौत दी और वह आपको एक बार फिर से जीवन देने जा रहा है और आप हमारे पास वापस आएंगे।

अल बकराह 2:28

"....काफ़िर क़यामत के दिन कहेगा - हे अल्लाह, तूने हमें दो बार मरने के लिए बाध्य किया, और तूने हमें दो बार जीवन दिया, और अब हम अपने पापों को स्वीकार करते हैं, तो क्या हमारे लिए कोई रास्ता है? ..."

ग़फ़िर 40:11

पहली मृत्यु आत्मा की वह अवस्था है जब वह पहली बार उत्पन्न हुई थी। अल्लाह (स्वत) सबसे पहले शुक्राणु से पैदा करता है, यह 'अलका' (रिसाव जैसा पदार्थ) में बदल जाता है, फिर 'मुगराह' (मांस का छोटा टुकड़ा), और जब यह भ्रूण के आकार में होता है (120 दिनों के बाद)), आत्मा इसमें सांस लेती है। यही वह क्षण है जब जीवन की शुरुआत होती है। जब आत्मा शरीर छोड़ देती है (जब मृत्यु होती है), यह दूसरी मृत्यु है और फिर अल्लाह उन्हें एक नया रूप देता है और यह दूसरा जीवन है।

यह जीवन अब सबसे महत्वपूर्ण है, क्योंकि हम इस जीवन में क्या करते हैं, यह निर्धारित करता है कि अगले जीवन में क्या होगा।

हमारे जीवन का एक तिहाई हिस्सा सोने में व्यतीत होता है। जब हम सो रहे होते हैं तो हमारी आत्माएं हमारे शरीर से निकल जाती हैं।

"अल्लाह (स्वत) आत्माओं को उनकी मृत्यु के समय लेता है और जो नहीं मरते उनकी (आत्माओं को) उनकी नींद के दौरान लेता है। वह उन आत्माओं को अपने

पास रखता है जिनके लिए उसने मृत्यु निर्धारित की है, जबकि बाकी को वह एक नियत अवधि के लिए छोड़ देता है।

अज़-ज़ुमर 39:42

आत्मा दर्द और भावनाओं का अनुभव कर सकती है और यह हम इस तथ्य से जानते हैं कि हम सपने देखते हैं।

पैगंबर मुहम्मद (स.अ.व.) ने कहा;

"आपमें से जो उसके सपनों में सबसे स्पष्ट हैं, वही आप में से सबसे स्पष्ट उसके विश्वास में हैं। यदि तुम हर समय सच बोलते हो, तो तुम्हारे सपने सच्चे होंगे, लेकिन यदि तुम हर समय झूठ बोलते हो, तो तुम्हारे सपने झूठे होंगे।"सही

"यदि तुम देख सको, जब ज़ालिम लोग मौत की पीड़ा का स्वाद चखते हैं, और फ़रिश्ते अपने हाथ फैलाते हैं (कहते हैं), "अपने प्राणों को बचा लो। आज तुम्हें अपमानजनक दंड दिया जाएगा।"

अल-अनआम 6:93

यहां कहा गया है कि काफिरों के लिए मौत दर्दनाक होती है। हालाँकि, उन्हें अपनी आत्माएँ स्वर्गदूतों को समर्पित करने का आदेश दिया गया है, वे अनिच्छुक हैं; इसलिए, आत्मा को बलपूर्वक बाहर निकाला जाना चाहिए क्योंकि वह अपनी सजा नहीं भुगतना चाहती।

कुरान की इस आयत में प्रयुक्त शब्द "अखरिजु अनफुसाकुम" का शाब्दिक अर्थ है "अपनी आत्मा को बाहर निकालना" या बाहर धकेलना, यह दर्शाता है कि आत्मा भौतिक शरीर से एक अलग इकाई बन जाती है।

आत्माओं का मिलन

मृतकों की आत्माएं एक दूसरे से मिल रही हैं

मृतकों की आत्माओं को निम्नलिखित दो श्रेणियों में विभाजित किया जा सकता है:

1. इष्ट आत्माएँ (अर्थात् पवित्र विश्वासियों की)

2. दंडित आत्माएं (अर्थात पापी विश्वासियों और अविश्वासियों की)

दूसरे समूह की आत्माएँ सज़ा के स्थानों तक ही सीमित हैं और कब्र की पीड़ाओं में इतनी व्यस्त हैं कि वे एक-दूसरे से मिलने या मिलने में सक्षम नहीं हैं। हालाँकि, पवित्र विश्वासियों की धन्य और इष्ट आत्माएँ घूमने और मिलने के लिए स्वतंत्र हैं। वे एक-दूसरे से मिल सकते हैं और पृथ्वी पर अपने पिछले अस्तित्व पर चर्चा कर सकते हैं। बरज़ख में हर रूह अपने जैसी फितरत के साथियों के साथ होगी। (देखें: इब्न अल-क़य्यिम की किताब अर-रूह पृष्ठ 28)निम्नलिखित हदीस एक प्रत्यक्ष संदर्भ और स्पष्ट प्रमाण है कि, सामान्य तौर पर, पवित्र विश्वासियों की आत्माएं एक-दूसरे से मिलने और बातचीत करने में सक्षम हैं।

अबू हरियाराह (आरए) ने बताया कि अल्लाह के दूत (सल्ल.) ने कहा:

"वास्तव में, आस्तिक की आत्मा (मृत्यु के बाद) स्वर्ग तक उड़ जाती है, जिसके बाद अन्य विश्वासियों की आत्माएं पृथ्वी के लोगों से उन लोगों के बारे में समाचार मांगने आती हैं, जिन्हें वे जानते हैं।"

मुस्लिम, बुखारी और अहमद द्वारा संबंधित

मृतकों की आत्माएं सोये हुए लोगों की आत्माओं से मिल रही हैं

चूँकि जीवितों की आत्माएँ (जो सो रही हैं) और मृतकों की आत्माएँ आध्यात्मिक दुनिया में घूम सकती हैं - क्योंकि वे अपने सांसारिक शरीर से बंधी नहीं हैं - यह निश्चित रूप से संभव है कि वे मिलें और बातचीत करें। इस निष्कर्ष की पुष्टि अधिकांश भरोसेमंद कुरान टिप्पणीकारों द्वारा की गई है, उनमें से सबसे प्रमुख; इमाम इब्न जरीर अत-तबरी और इब्न कथीर।

अल्लाह कुरान में कहता है:

"अल्लाह मृत्यु के समय आत्माओं को ले लेता है और उन लोगों की (आत्माओं को) जो नींद के दौरान नहीं मरते हैं। वह उन आत्माओं को अपने पास रखता है जिनके लिए उसने मृत्यु निर्धारित की है, जबकि बाकी को वह एक नियत अवधि के लिए छोड़ देता है।

अज़-ज़ुमर 39:42इब्न अल-क़य्यिम ने इस आयत में तफ़सीर के संबंध में दो दृष्टिकोणों का उल्लेख किया है। पहला दृष्टिकोण यह है कि समय में दो बिंदु होते हैं जब अल्लाह आत्माओं को लेता है: मृत्यु और नींद के दौरान। नींद के दौरान या अन्य समय में मृत्यु हो सकती है। मृत्यु के समय ली गई आत्मा इस श्लोक में बताई गई "रखी हुई" आत्मा है। "मुक्त" आत्मा वह है जो नींद के दौरान ली जाती है और जागने पर अपने संबंधित शरीर में वापस आ जाती है।

इस श्लोक के संबंध में दूसरी स्थिति यह है कि नींद के दौरान "अवरुद्ध" आत्मा और "मुक्त" दोनों को लिया जाता है। फिर जिन लोगों ने जीवन की निर्दिष्ट अवधि पूरी कर ली है उन्हें बरकरार रखा जाता है, जबकि जिन्होंने अपना समय पूरा नहीं किया है वे अपने शरीर में वापस आ जाते हैं। इस दृष्टिकोण से पता चलता है कि कविता केवल उन आत्माओं को संदर्भित करती है जो अपनी नींद में मर जाती हैं और वे आत्माएं जो जागने पर अपने संबंधित शरीर में लौट आती हैं, और "बरकरार रखी गई" आत्माओं का उल्लेख नहीं करती हैं जो नींद के अलावा अन्य समय पर मर जाती हैं।

जब मैं इस विषय पर शोध कर रहा था: मुझे कुरान और पैगंबर की प्रामाणिक सुन्नत से जानकारी प्राप्त करना बहुत कठिन लगा।

मुझे लगता है कि ख़त्म करने का एक उचित तरीका इस पेपर की शुरुआत से आयत को दोबारा उद्धृत करना है:

"और वे आपसे (हे मुहम्मद) रूह (आत्मा) के बारे में पूछते हैं: कहो: "रूह (आत्मा): इसका ज्ञान मेरे भगवान के पास है, और ज्ञान में से, तुम्हें (मानव जाति को) थोड़ा सा दिया गया है।"

अल-इसरा 17:85

अबू बिलाल मुस्तफा अल-कनाडी द्वारा उजागर आत्मा के रहस्य

रूह (आत्मा या आत्मा) की वास्तविकता - साहिह बुखारी से हदीस

आत्मा क्या है?

निम्नलिखित कुरान की आयत और हदीस के अनुसार, आत्मा (रूह) का ज्ञान केवल अल्लाह के पास है। हालाँकि, जैसा कि बाद में बताया गया है, हदीस में इस बात के प्रमाण हैं कि आत्मा मानव शरीर में कब प्रवेश करती है और किसी व्यक्ति की मृत्यु के बाद शरीर छोड़ने के बाद आत्मा का क्या होता है।

और वे आपसे रूह [आत्मा] के विषय में पूछते हैं। कहो: रूह: यह उन चीज़ों में से एक है, जिसका ज्ञान केवल मेरे रब को है। और ज्ञान तुम्हें (मानव जाति को) थोड़ा ही दिया गया है।' [कुरान, सूरह अल-इज़राइल 17:85]"यह निम्नलिखित हदीस उस घटना के बारे में है जब यहूदियों ने पैगंबर मुहम्मद से रूह (आत्मा) के बारे में पूछा और पैगंबर ने दिव्य प्रेरणा प्राप्त करने के बाद उत्तर दिया।

मनुष्य के शरीर में आत्मा का प्रवेश |

नीचे दी गई हदीस में बताया गया है कि आत्मा पहली बार मां के गर्भ में मानव शरीर में कब प्रवेश करती है।

"अल्लाह के दूत (सल्लल्लाहु अलैहि व सल्लम) जो (इंसानों में) सबसे सच्चे हैं और उनका सच्चा होना (एक तथ्य है) ने हमसे कहा: 'तुम में से एक का हिस्सा उसकी माँ में इकट्ठा होता है चालीस दिन तक गर्भ, फिर चालीस दिन की अवधि में वह रक्त का थक्का बन जाता है। फिर वह मांस का लोथड़ा बन जाता है, और चालीस दिन के बाद अल्लाह उसमें अपना फ़रिश्ता भेजता है ताकि उसमें आत्मा फूंक दे। देवदूत चार चीजों के बारे में निर्देश लेकर आता है, इसलिए देवदूत उसकी आजीविका, उसकी मृत्यु, उसके कर्म और क्या वह बर्बाद होगा या धन्य होगा, यह लिखता है। (मुस्लिम द्वारा रिपोर्ट, 1528)।

मृत्यु के समय आत्मा

हदीस के अनुसार, जब कोई व्यक्ति मरता है, तो शरीर छोड़ने से पहले आत्मा शरीर के नीचे से ऊपर की ओर जाती है और जैसे ही आत्मा शरीर छोड़ती है, आंखें ऊपर की ओर उठती हैं। उम्म सलामा द्वारा सुनाई गई हदीस के अनुसार, उन्होंने कहा कि "अल्लाह के दूत (सल्लल्लाहु अलैहि व सल्लम) अबू सलामा (उनकी मृत्यु के बाद) में दाखिल हुए और उनकी आंखें खुली थीं, इसलिए उन्होंने उन्हें बंद कर दिया, फिर

कहा, 'जब आत्मा ले ली जाती है, आंखें उसका पीछा करती हैं।" (साहिह मुस्लिम द्वारा रिपोर्ट, 1528)।

मृत्यु के बाद आत्मा

किसी व्यक्ति के मरने के बाद, आत्मा को दो स्वर्गदूत स्वर्ग में ले जाते हैं और उसका भाग्य उसकी धार्मिकता पर निर्भर करता है। अबू हुरैरा की हदीस के अनुसार, जिन्होंने कहा: "जब आस्तिक की आत्मा ली जाती है, तो उसे दो स्वर्गदूत मिलते हैं जो इसे लेते हैं..." (कथावाचक ने कहा: फिर उसने इसकी अच्छी खुशबू और कस्तूरी की खुशबू का उल्लेख किया)। स्वर्ग वाले कहते हैं, 'एक अच्छी आत्मा जो धरती से आई है, अल्लाह तुम्हें और उस शरीर को जिसमें तुम रहते थे, आशीर्वाद दे। फिर वे इसे उसके रब के पास ले जाते हैं, उसकी महिमा और महिमा की जाए, फिर वह कहता है, 'दुनिया के अंत तक इसके साथ घूमो।' जब अविश्वासी की आत्मा बाहर आती है... (वर्णनकर्ता ने इसकी दुर्गंध और शाप का उल्लेख किया है)। स्वर्ग वाले कहते हैं, 'एक बुरी आत्मा जो धरती से आई है,' फिर कहा जाता है, 'दुनिया के अंत तक इसके साथ घूमो।' अबू हुरैरा ने कहा: फिर अल्लाह के दूत (सल्लल्लाहु अलैहि व सल्लम) उसके ऊपर) उसकी नाक पर कपड़े का एक टुकड़ा इस तरह रखें। (मुस्लिम द्वारा रिपोर्ट, 5119)।

हदीस स्रोत
Arabic English Sahih Bukhari by Muhsin Khan

मेरी अन्य पुस्तकें

निम्न है–

क्रमांक	पुस्तक का नाम
1	पृथ्वी के प्रचलित धर्म व पंथ
2	कुरान करीम का विशेष ज्ञान
3	जीवन एक पहेली व स्वास्थ्य
4	जीवन तथा भाषा की उत्पति कैसे हुई?
5	इस्लाम एक परिचय व संप्रदाय
6	अल्लाह एक परिचय
7	आज भी अंल खि□ जिंदा है?
8	सात सोने वालों की रहस्यमई घटना
9	प्रार्थना, सभी धर्मों में
10	उपदेश महान लोगों के, सभी धर्मों में
11	स्वप्न, व्याख्या, प्रत्येक धर्म में
12	हारूत तथा मारुत की कहानी
13	आत्मा (रूह) धर्म तथा विज्ञान की नजर में
14	असली सिकंदर (जुलकरनैन)
15	दुःख
16	ईश्वर, प्रार्थना, उपदेश, नास्तिक, दुःख
17	विश्व के प्रमुख धर्म मत व सम्प्रदाय
18	पवित्र कुरान एक परिचय तथा उसके अनसुलझे रहस्य
19	धर्म संस्थापक का जीवन परिचय ,सभी धर्मों के

20	शांति की खोज
21	धर्म पुस्तक की उत्पत्ति, भाषा, लेखक व मूल प्रति
22	समानांतर ब्रहमांड का रहस्य
23	मौत (पवित्र कुरआन की दृष्टि में)
24	शीबा कौन थी? पवित्र कुरआन व बाइबिल की दृष्टि में

यह सारी पुस्तकें अंग्रेजी संस्करण में भी उपलब्ध है। तथा कुछ अंतर्राष्ट्रीय भाषा में उपलब्ध है।

उपरोक्त पुस्तकें **notionpress.com** पर भी उपलब्ध हैं ।

मेरी ई बुक संस्करण **(निशुल्क)** निम्न है —

क्रमांक	पुस्तक का नाम
1	विश्व के प्रमुख धर्म मत व सम्प्रदाय
2	पवित्र कुरान एक परिचय व उसके अनसुलझे रहस्य
3	जीवन की कुछ अनसुलझी पहेली
4	असली सिकंदर (जुलकरनैन)
5	स्वप्न (व्याख्या) धर्म तथा विज्ञान की नजर में
6	आत्मा (रूह) धर्म तथा विज्ञान की नजर में
7	मनुष्य तथा भाषा की उत्पत्ति कैसे हुई?
8	ईश्वर, प्रार्थना, उपदेश, नास्तिक, दुःख
9	हारूत तथा मारुत की कहानी
10	उपदेश महान लोगों के, सभी धर्मों में
11	प्रार्थना, सभी धर्मों में
12	आज भी अंल खि☐ जिंदा है?
13	अल्लाह एक परिचय

14	इस्लाम एक परिचय व सम्प्रदाय
15	अल खिज़्र एक परिचय
16	किंग सोलोमन तथा मलिका बिल्कीश (तौरेत तथा कुरान के अनुसार)
17	एक इस्लामी सम्प्रदाय अहले हदीस का परिचय
18	अपना स्वास्थ्य (सेक्स संबंधी)
19	बाइबिल एक परिचय, क्या ओरिजिनल बाइबिल आज भी उपलब्ध है?
20	दुर्लभ चीजें जो मेरे पास मूल रूप में उपलब्ध है।
21	नास्तिक और बौद्ध धर्म (धम्म)
22	अधम्म क्या है?
23	अल कहफ (अर रकीम) की रहस्मय कहानी
24	धर्म संस्थापक का जीवन परिचय ,सभी धर्मों के
25	दुःख
26	शांति की खोज
27	समानांतर ब्रहमांड का रहस्य
28	मौत (पवित्र कुरआन की दृष्टि में)
29	धर्म पुस्तक की उत्पत्ति, भाषा, लेखक व मूल प्रति
30	शीबा कौन थी? पवित्र कुरआन व बाइबिल की दृष्टि में

अपना व्यक्तिगत परिचय

मेरा नाम अब्दुल वहीद है, मेरे पिता का नाम स्वर्गीय हाजी उबैदुर्रहमान है व माता का नाम जैबुन्निसा है। मैंने बचपन से ही वैज्ञानिक विचारधारा को पसंद किया है और शांत स्वभाव व पुस्तकों से लगाव रहा है। जिससे मेरी रोज जिज्ञासा रुचि निरंतर नए-नए खोजों की जानकारी में प्रयुक्त रहा है। मैं B.Sc करते समय पालीटेक्निक में सेलेक्शन हो गया था, लेकिन दुर्भाग्यवश अधूरा रह गया था क्योंकि पिता और भाई का सड़क दुर्घटना में सर्वगवास हो गया था ।

मेरे पिता जी की दो बातें जो, मेरे जीवन के लिए अत्यंत अनमोल है

<u>प्रथम– इमानदारी से कमाओ झूठ का सहारा मत लो।</u>

<u>दूसरा– अन्न की इज्जत करो और जितना खाना हो उतना ही लो।</u>

इसलिए घर की जिम्मेदारी, फिर बाद में विवाह हो जाने के कारण शिक्षा अधूरी रह गई । फिर भी हिम्मत नहीं हारा और आज आपके सामने मेरे विचारों के रूप में पुस्तक उपलब्ध है । मेरे लेख प्रसिद्ध पत्र-पत्रिकाओं में भी छप चुके हैं। यदि कोई जानकारी अधूरी रह गई हो तो कृपया जरुर अवगत कराये ।

पुस्तक पढ़ने के लिए

धन्यवाद,

मुझसे संपर्क करे -

Abdul Waheed, Barabanki, Uttar Pradesh, India (BHARAT)

www.ingramcontent.com/pod-product-compliance
Lightning Source LLC
Chambersburg PA
CBHW040130150726
48005CB00015B/2441